NF文庫
ノンフィクション

新装版

ガダルカナルを生き抜いた兵士たち

日本軍が初めて知った対米戦の最前線

土井全二郎

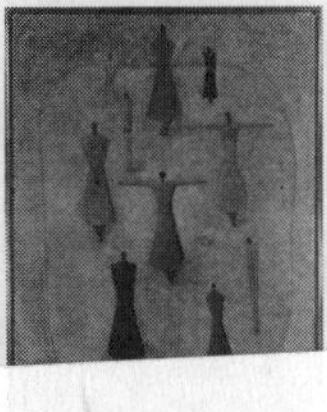

ガダルカナル島要図

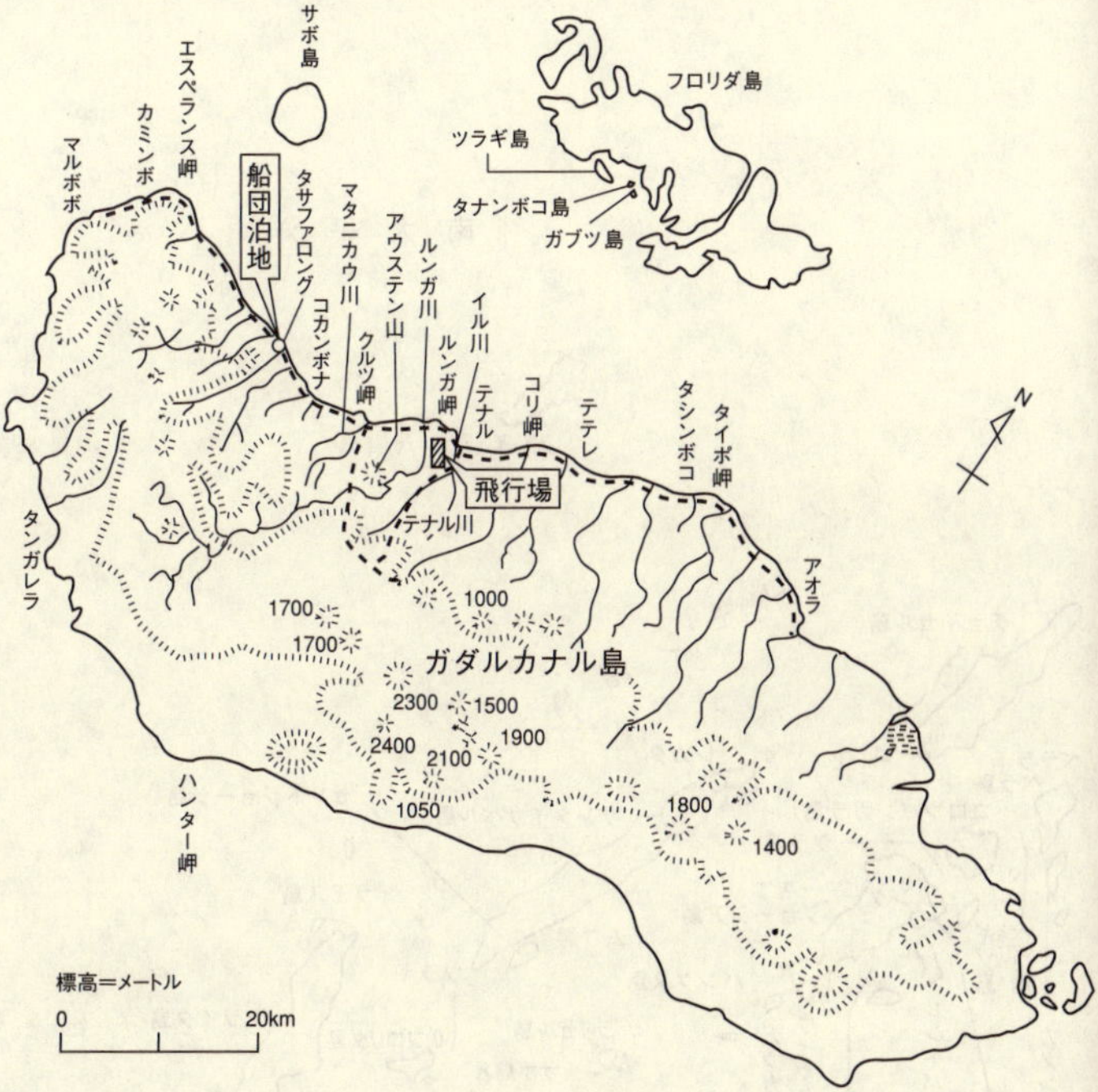

ガダルカナル島——東経160度、南緯10度に位置し、ニューブリテン島ラバウルから1020キロ離れている。東西140キロ、南北50キロ、面積は約6500平方キロ、四国の約三分の一の大きさである。日本軍はこの島に昭和17年８月初旬から半年間にわたり兵士３万余を投入したが、そのうち２万余が戦病死した。

ソロモン諸島要図

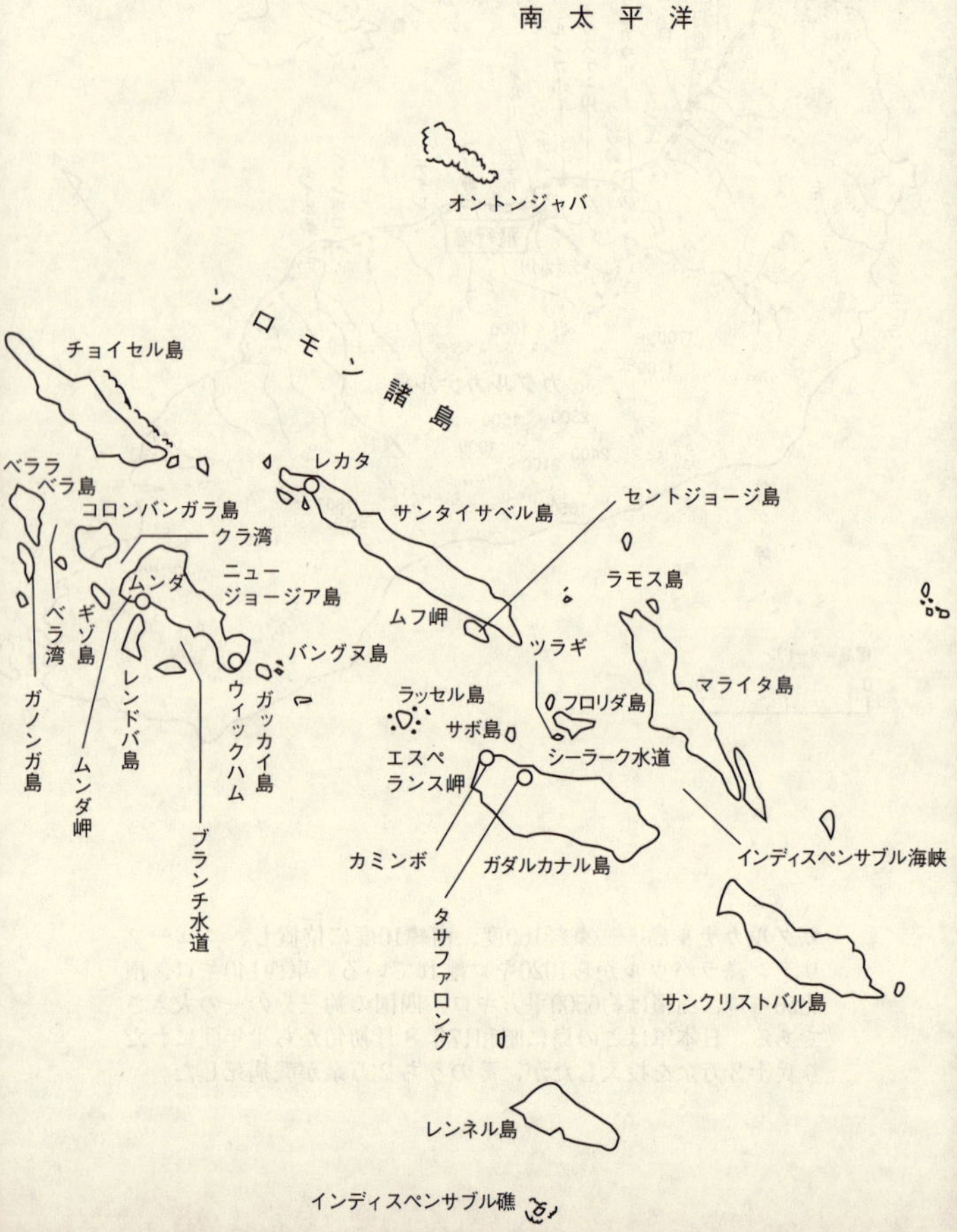
南太平洋
オントンジャバ
ソロモン諸島
チョイセル島
ベラ ラベラ島
コロンバンガラ島
クラ湾
レカタ
サンタイサベル島
セントジョージ島
ラモス島
ニュージョージア島
ムンダ
ベラ湾
ギゾ島
ガノンガ島
レンドバ島
ムンダ岬
ウィックハム
ガッカイ島
ブランチ水道
バングヌ島
ムフ岬
ツラギ
マライタ島
ラッセル島
フロリダ島
サボ島
エスペランス岬
シーラーク水道
カミンボ
ガダルカナル島
タサファロング
インディスペンサブル海峡
サンクリストバル島
レンネル島
インディスペンサブル礁

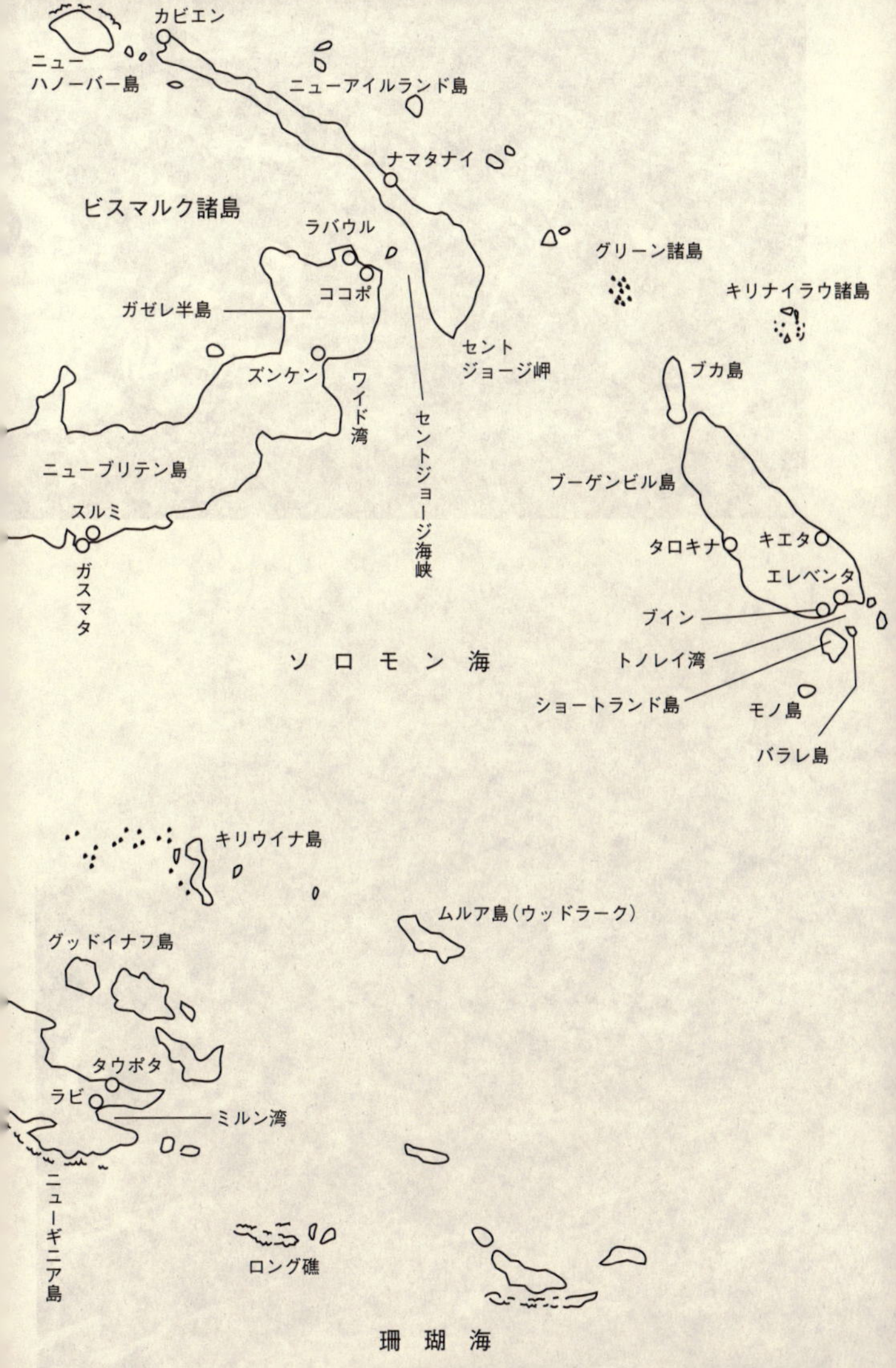
カビエン
ニュー
ハノーバー島
ニューアイルランド島
ナマタナイ
ビスマルク諸島
ラバウル
グリーン諸島
ココポ
キリナイラウ諸島
ガゼレ半島
セント
ジョージ岬
ズンケン
ブカ島
ワイド湾
セントジョージ海峡
ニューブリテン島
ブーゲンビル島
スルミ
タロキナ
キエタ
ガスマタ
エレベンタ
ブイン
ソ ロ モ ン 海
トノレイ湾
ショートランド島
モノ島
バラレ島
キリウイナ島
ムルア島（ウッドラーク）
グッドイナフ島
タウポタ
ラビ
ミルン湾
ニューギニア島
ロング礁
珊 瑚 海

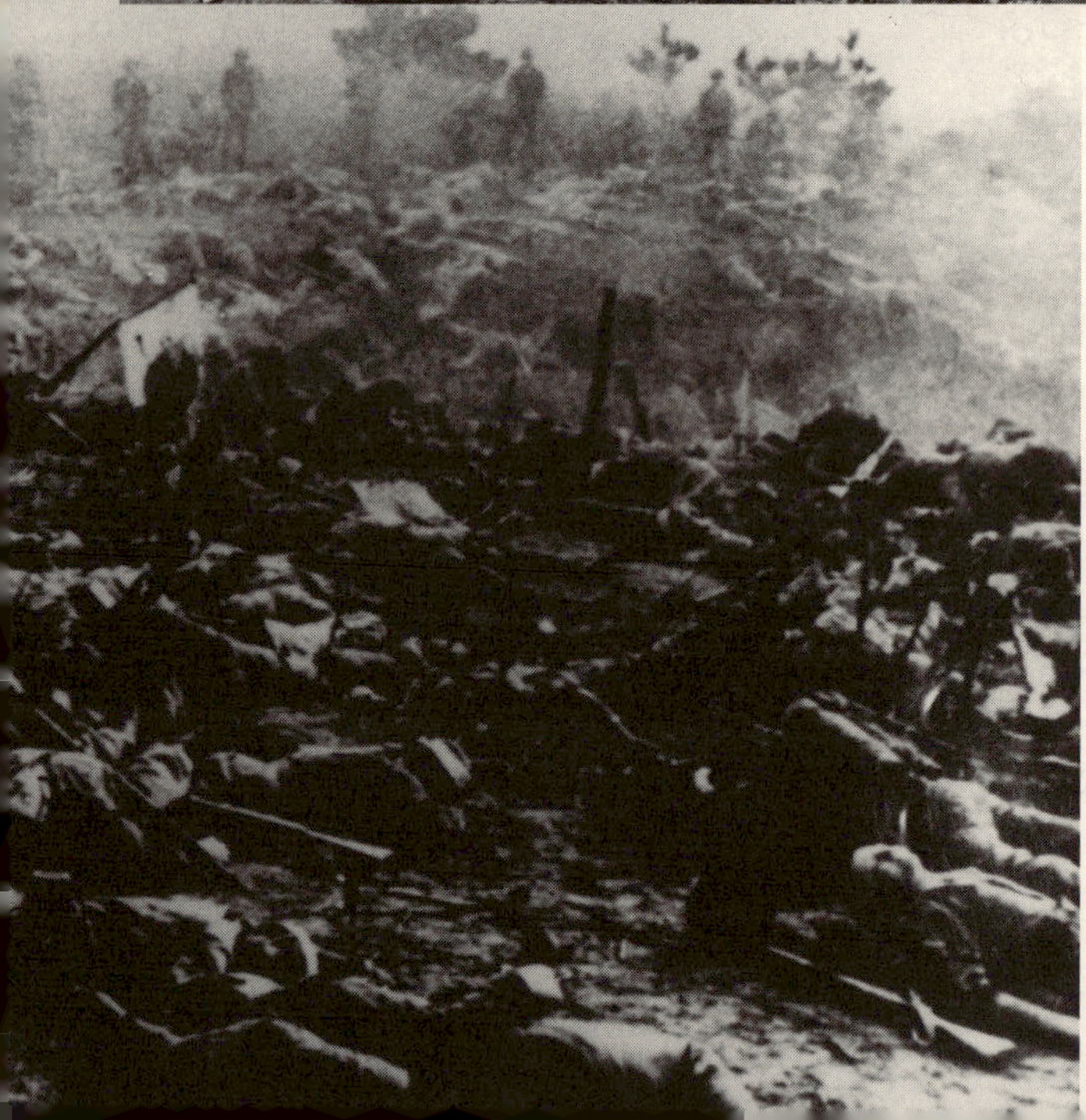

▶昭和17年８月18日、タイボ岬に上陸した一木支隊第一梯団約900名は、21日、イル川付近で米軍と交戦し壊滅した。残存兵士は約80名とされる。▼10月24日の第２師団の総攻撃で斃れた岡連隊の将兵たち。翌25日の光景と思われる。物量を誇る米軍の圧倒的な重火器の前に、日本軍伝統の夜襲作戦も空しかった。

ガダルカナルを生き抜いた兵士たち——目次

ガダルカナルを生き抜いた兵士たち

――日本軍が初めて知った対米戦の最前線

第一章　捕虜となりて友軍の砲火を聞く

ツラギの戦い

昭和十七年八月七日、ソロモン諸島ガダルカナル島方面の日の出は午前四時四十五分であった。

この日、早朝四時を少し回ったころ、ガ島沖に浮かぶタナンボコ島を水上機基地としていた横浜海軍航空隊の桜井甚作・海軍二等工作兵＝写真＝は、爆音に気づいている。基地の飛行艇――九七式大艇による定期的な上空哨戒の出発時刻は午前五時である。

「今朝はバカに早いな」

目を覚ました桜井は、そんなことをつぶやいている。

が、なんだか、おかしい。

味方機のプロペラ音は「ボロボロ」といった感じなのに、いま聞こえるのは、キーンという金属音なのだ。

はっとして、外へ飛び出す。星のマークをつけた飛行機が、あざやかな低空飛行で目の先を過ぎて行った。

桜井甚作

「敵襲」
「敵襲——」
桜井は、石油缶の空き缶をたたき、急を報《し》らせている。飛び去っていった米軍機は偵察機だったらしく、それから間もなく、グラマン戦闘機の編隊による大規模な空襲が始まっている。

まず狙われたのが、基地前の海上に係留してあった九七式大艇七機、水戦（零式水上戦闘機）九機だった。見る間に全機が火に包まれていく。

なんとか飛び立とうと、ゴムボートで近づいた搭乗員たちが、大火傷を負い、かろうじて収容される。

さらに爆撃、銃撃。これに沖からの駆逐艦による艦砲射撃も加わったから、たちまちのうちに基地全体が無残な形相に変わっていっている。

タナンボコ島はガ島と四十数キロの海をへだてた向かい側にある小島だ。隣のこれも無人島のガブツ島とは、土盛りした人工の道でつながっていた。少し離れてツラギ島。その向こうにやや大きなフロリダ島がある。

戦史では、こうした島々の全部をひっくるめて「ツラギ基地」「ツラギ守備隊」と総称し

爆撃下のタナンボコ基地（雑誌「丸」提供）

て扱う場合が多い。ここでも、それに従ってみる。

昭和十七年三月、横浜航空隊所属の偵察機がガ島に飛行場適地を発見したことから、わずかな兵力で占拠していた豪州軍を追い払い、五月三日、海軍はここに先遣部隊を派遣している。日本軍最南端の基地であった。

当時、ここの水上機基地には横浜海軍航空隊はじめ、第八十四警備隊、第十四設営隊などが駐屯していた。総兵力は約八百名。このうち、陸上戦闘要員である陸戦隊は二百五十名程度だったとされている。しかも、わずかな機関銃と小銃、手榴弾程度の武装でしかなかった。

（注：以上の記述のうち、保有機数、兵力等について諸説ある。また米軍侵攻時、搭乗員たちは発艇直前だったという話もある。ここでは、とりあえず諸説の合致するところはそのまま採用し、以下の文も含め、桜井『地獄からの生還』に沿って述べる）

劣勢のツラギ守備隊だったが、やがて水陸両用車、戦車を押し立てて上陸して来た米軍の前に一歩もひるむところはなかった。洞窟に潜み、サンゴ礁に隠れ、すさまじいばかりの奮戦ぶりを見せたのち、多くが玉砕している。

ガブツ島の戦闘においては、守備隊が最後の突撃を敢行したのか、「三たびにわたる喚声」が他島守備の将兵の耳にまで届いたという悲壮なハナシも伝わっている。

戦闘詳報によれば――

「我レ艦砲射撃ヲ受ク」

「『ツラギ』敵各艦砲射撃揚陸開始」

「至近弾電信付近」

「敵兵力大、最後ノ一兵マデ守ル」

「武運長久ヲ祈ル」

「………」

桜井が戦ったタナンボコ島は、米軍の上陸が最も遅かったこともあって、最後までしぶとい抵抗を見せた戦線だった。

早い段階のうちに「トラの子」の水上機を全機やられたため、使い道がなくなった航空用燃料入りのドラム缶を、敵の上陸しそうな浜辺に並べて待ち構えていた。

空襲があった七日のその夜、日本軍守備隊の隙を突こうと、エンジン音を小さくしぼった舟艇で上陸してきた米軍に対して、まず、そのドラム缶に一斉射撃を加えている。

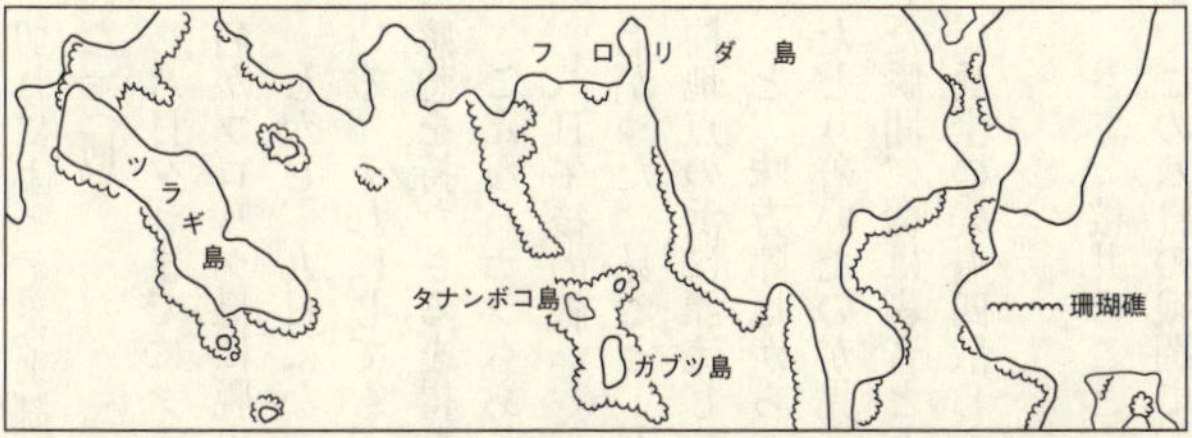

銃撃を受けたドラム缶は次々と破裂、引火、炎上していった。たちまち、一面の浜辺は「真昼のような明るさ」に変わっていっている。丸見えの米兵たち。あっと立ちすくんでいる。

そこを狙い撃ちしている。

「大打撃を受けた米軍は午後八時後退した。舟艇に乗り遅れた者は堤防を伝って、かろうじてガブツ島方向に逃げた」

「この戦闘はその後敗退を続ける上陸防御作戦で、水際撃滅に成功した少数の例の一つであり、その最初のものであった」（防衛庁資料）

なお、この防衛庁資料によれば、水際撃滅の重要なポイントとなった「ドラム缶並べ作戦」については、「（米軍側の）上陸支援のための艦砲射撃により、たまたま付近にあったガソリンが炎上した」といった見方だ。桜井の記憶とは違った記述をしている。

翌八日の戦いも激烈をきわめた。

前日の失敗に懲りた米軍は、島の各方面から上陸してきている。

「艦砲の猛射がこれを支援」した。ようやく守備隊側の戦闘力にも限界が見られるようになった。

「日本軍はその先頭戦車に肉薄攻撃を行い、石油を浸みこませたボロ

切れによって炎上擱坐《かくざ》させた」「多数の日本軍将兵がその戦車の周囲に折り重なって倒れた」（同）

八日夕刻までにタナンボコ島の大半が米軍の手に落ちた。二十七名が捕虜となり、約七十名がフロリダ島に脱出したといわれる。

しかし、九日になっても、洞窟に立てこもった一部将兵による抗戦も散発的ながら続いている。それにしても、これだけの寡兵で、よくぞ、ここまで戦い抜いたものだ、との素直な感想を持たざるを得ない。

こんなハナシもある。

八日午後の戦いだったが、「味方水戦（零式水上戦闘機）を破壊しろ」という悲痛な声が上がった。見ると、どうしたことか、さほど破壊されていない戦闘機が敵味方のちょうど中間地点の浜に漂流して来ている。敵の手に渡したくない。

と、味方陣地から一人の兵士が飛び出していった。敵の機銃弾が集中する中、かろうじてたどり着いたのが見えた。やがて機の下翼から火炎がのぼる。それが、黒煙と変わっていった瞬間、機は轟音とともに飛び散った。

兵士の姿も四散した。小幡留治・海軍整備兵曹長の最期であった。

さて、桜井のことである。

この八日の戦闘で、本部から少し離れた壕で見張り部署についていた桜井には、午前十時ごろまでの記憶しかない。

早朝、ラバウル基地から飛んできた味方機編隊による壮烈な敵艦隊攻撃を目撃。魚雷が当たった敵艦艦上で「白い制服の敵兵が右往左往している姿」に快哉を叫んだまではおぼえている。

やがて空襲が激しくなり、壕の中に避難した桜井は、至近弾による爆風により壕内の地面にたたきつけられ、気絶してしまったのだった。

これから、桜井の数奇な運命が始まっている。

生き埋め五十三日

横浜海軍航空隊、宮川政一郎・海軍整備兵長＝写真＝は、したたる水滴で気がついている。暗くてなにも見えない。身動きもできない。下半身が土砂に埋まったままだ。身体の節々があちこち痛むが、ケガはないらしい。

だんだん記憶が戻ってくる。

それまでの戦闘で、日本軍守備隊が立てこもる洞窟陣地の位置を正確に掴み、米軍は巡洋艦、駆逐艦による艦砲射撃を加えてきた。それも、直接、至近距離からの水平射撃であった。見張り配置についていた宮川は、たまらず、近くの壕に避退した。

そうだ、そういえば、ともに見張りに立っていた桜井二等工作兵はどうなったのか。一緒に飛び込んだはずだったが――。

いた、いた。ちょうど、桜井も気がついたところらしく、手近の土砂の中で懸命にもがいている様子が気配で察せられた。

「生きていたか」

声をかけ合う。お互い、かすれ声だった。

身をよじって、かすかに明かりがもれてくる方向に目を向ける。壕の出口らしいが、なかば土砂でふさがっている。そこから、野太い声での「聞きなれぬ言葉」が聞こえてくる。かなりの米兵が出口付近にいるらしい。

味方はどうなったのであろうか。どうやら、壕内で意識不明となって倒れているうち、味方のタナンボコ守備隊は全滅、米軍の占領するところとなったらしい、と、見当をつける。

やがて、米軍による残敵掃討作戦が始まった。あちこちで銃声が響き、宮川と桜井が息をこらしている壕にも自動小銃が撃ち込まれた。一連射、二連射。手榴弾も投げ込まれる。一発、二発。立ちこめる硝煙。飛び散る岩片。

だが、不思議にも二人にケガはなかった。土砂に半身が埋まっていたこと、壕の出入り口近くにいたことがかえって幸いしたのか。

夜になって、ガダルカナル島方向から「轟音と砲撃音がズシンズシンと響いて」くる。日本海軍艦隊による米上陸船団と艦船に対する「殴り込み」であろうか。（第一次ソロモン海

戦）

——宮川、桜井の二人は、この半分崩れかけた壕内で、五十三日間の「モグラ生活」を続けている。

息をするのも憚《はばか》られるような明け暮れだった。いつ、米軍が気づくか。気づかれたら、そこでオワリなのだ。まさか、こんなところに日本軍の残兵が隠れているわけはない、という相手方の思い込みだけが頼りだった。

壕の上が米軍の通信中継基地になった時には、仰天の思いをしている。これで脱出のチャンスはなくなった。真上から「ハロ、ハロ」と話したり、「チリン、チリン」と電話をかけたり、かかったりするのが聞こえる。それが分かるということは、逆に壕内の音も響いていることにもなるのだ。

宮川政一郎

二人は物音に極度に気を遣っている。「暗い中では手まねや表情が通ぜず、どうしても話したい時には、相手の肩をたたき、耳に口をつけて」の会話となっている。

ただひとつの変化として、通信士の交替や勤務ぶりから、一日が始まり、一日が終わることが分かったことがあった。

壕の広さは、二人が生活するには充分だった。幸いなことに、壕内には梅干し入りの樽ひとつに、ミカンの缶詰と

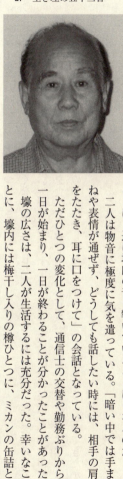

サイダーがそれぞれ二ダースずつ備蓄されていた。

ミカン、サイダーはすぐになくなった。梅干しも割り当てして食い延ばした。二人は捨てていた梅干しの種を土中から拾い上げ、泥水ですすぎ、ふたたび口に入れている。「奥歯で種を割り、中の天神様（子葉）を食べるのが、唯一の楽しみ」だった。桜井によれば、「ほかのどんな食べ物より、殺菌力のある梅干しがあったからこそ、生き延びることができたかも知れない」ということになる。

排泄は壕内の一定場所に決め、あとは土をかぶせた。

「友軍は必ず反撃に出るはず」

「連合艦隊さえ出動すれば、米軍なんか、たちどころに粉砕されるさ」

これだけが、心の支えだった。

航空機のエンジン音に、今度こそ、友軍機か、と、耳を澄ました。砲撃音に連合艦隊の侵攻か、と、胸を躍らせた。

もう三十数日が経過したころであったろうか、曇り日の深夜、「偵察行動のため」、より小柄な桜井が初めて外に出てみている。

壕の暗がりに慣れた目には「外の暗闇など明るいもの」だった。

この時は、ヤシの実ひとつを拾っただけの行動だったが、もうひとつ大きな収穫があった。

それは、向かい側に見えるフロリダ島に泳ぎ渡りさえすれば、「島には果物もあるだろうし、穴蔵生活よりましなジャングル生活ができるのではないか」という考えがヒラめいたことだった。

うずくまるばかりの生活から一歩前向きの行動を取ったことで、二人のアタマが正常に活動しはじめたのだろうか。このことが、ふたたび二人の命を救うことになった。少なくとも、脱出という方法を積極的に考えるきっかけとなっている。

第一次ソロモン海戦。探照灯下の敵艦（雑誌「丸」提供）

それから数日後のことだった。

米軍の一隊がやってきてスコップで壕を掘り返し始めている。その時は半端な作業で終わったが、容易ならざる事態の新展開だった。理由は分からなかったが、各所にあった旧日本軍陣地を再点検し、「日本軍の機密文書が残されていないかを調べにきたよう」に思えた。

翌日、暴風雨――。

「これを逃がしては二度と脱出のチャンスは来ないだろう」

その夜、宮川と桜井は、壕を抜け出している。

そこまではよかったのだが、長い「モグラ生活」からいきなり地上に出たものだから、二人とも「膝や足腰の関節がガクガクして、思うように歩けない」のだ。

それに、五十日以上も梅干しだけの身体では「ひょろひょろするばかり」である。ついに二人は、「四つんばい」となって、浜に向かっている。

フロリダ島は、「努力次第では食べ物はなんとか手に入るし、壕の中でじっとしていた時から比べれば、まるで別天地」だった。

だいいち、太陽を存分に拝めるのだ。それに、パパイヤ、クルミ、ヤマイモ、バナナ、マンゴー。そのほか、「アリやハエがたかっているものは、人間も食べられるもの」だった。

飲料水は、地面のあちこちに穴を掘り、タコの木の葉やイモの葉を敷き、スコールを溜めて飲んだ。ビンに海水を入れ、日向《ひなた》に置いて濃い海水をつくり、調味料とした。

こんなこともあった。

丸太の柵で囲まれた小さな空き地を見つけた。現地人がつくったものだった。「獣などの外敵から身を守るには絶好の場所」に思われた。二人で柵をよじのぼって、中で寝ることにした。

満天の星が頭上にあった。久し振りに熟睡できそうだった。

ところが、どうも寝つかれない。まんじりともせず、一夜を明かしてみて驚いた。なんと、そこは現地人の墓場だったのだ。「道理で」と、二人は顔を見合わせて笑った。

壕に閉ざされて以来の約三ヵ月ぶりの笑いであった。

フロリダ島生活も約一ヵ月――。

現地人の畑を、それでも「たくさん取り過ぎて、気がつかれないよう」にしていたところで、現地人若者とハチ合わせしたのは「不覚」であった。

「島の生活に慣れて、少々横着になっていたかも知れませんなあ」

はっと、身構えたが、相手は、手振り身振りで「なにか食べさせてやる」と言っている様子。えいやっと、後ろについて行ったのが「第二の不覚」。集落に着いたところで、寄ってたかって捕まってしまったから世話ない。

「もはや、これまで」

二人は観念の眼を閉じている。

友軍の砲火の下で

現地人の若者たちに袋だたきにされ、木のツルのようなもので手足をぐるぐる巻きにされながら――。

「バナナ畑荒らしの罪で火あぶりにされるのか」「沼に放り込まれるのか」と、宮川は思っている。「料理され、食われてしまうのか」「いやな終わり方だ。もう少しましな死に方はできないものか」と、桜井は思っている。

若者たちは、二人の結《ゆ》わえた手と足の間にそれぞれ丸太を通し、「まるで野ブタかタヌキを生け捕りにした」ように前と後ろでかつぎ上げ、かけ声よろしく、えっさえっさと走り始めた。

ジャングルを抜けて海に出た。カヌーの上に放り込まれた。ここでも、二人は「そうか、海に投げ込んで、フカのエサにするつもりか」と思っている。宮川は暴れたものだから、若者たちから、擢《かい》で何度かぶたれてもいる。

彼らの陽気な歌声を「死出のウタ」と聞きながら、やがて着いたところは、なんと米軍が占領した日本軍のツラギ島基地だった。現地人たちは、銃を持って出てきた米軍から、代わりに布かなんかをもらっている。

そうか、と、二人には合点がいった。彼らは、日本兵を捕らえれば「ホウビをやる」と言われていたのだ。だから、殺さなかったのだ。

――以来、宮川と桜井の、今度は三年間に及ぶ捕虜生活が始まっている。

ツラギ島で簡単な尋問を受けたあと、二人は別々に分けられた。宮川は、食事として出されたコメの飯に缶詰のサケを載せたものを、「われを忘れてむしゃぶりついて」いる。約三ヵ月ぶりのコメの飯だったのだ。

余談だが、宮川にはこの時の後遺症が身体のどこかにあり、いまでも発作的に「サケ・メシ」願望症候群に悩まされることがある。

二人には、「いずれは殺されるだろう」という思いが常にあった。

三日後、海岸に連れ出された時には、「いよいよ最後か」と顔を見合わせ、無言の別れを告げている。

「部屋でやると、あたりが血で汚れて厄介だから、海でダダダダとやるんだな」

しかし、ツラギから舟艇に乗せられて着いたところが、かねて見覚えのあるガダルカナル島だったから、ここでも二人は顔を見合わせている。

「どういうことだ、これ」

宮川の記憶によれば、昭和十七年十一月十二日のことだった。

後述することになるが、この日、第三十八師団の主力を乗せた強行輸送船団がショートランドを発進、ガ島に向かって南下中だった。また、同夜から翌十三日未明にかけては、ガ島とフロリダ島との狭い海峡で、双方あわせて三十二隻の艦船が入り乱れて戦った第三次ソロモン海戦が繰り広げられ、連合艦隊が誇った戦艦「比叡」などが沈んでいる。

宮川と桜井は、一連のガ島をめぐる戦闘がまさにクライマックスに達し、最も苛烈な時期にガ島米軍捕虜収容所に入れられたことになる。

――宮川はしみじみ述懐する。

「あのような混乱した状況のなかで、米軍も敵の捕虜をよくも生かしておいたものと思う。

これが日本軍であったら、どうだったであろうか」

ガ島捕虜収容所はヤシ林の中につくられていた。板の高床にテント屋根という造りで、「全く簡単でお粗末な」ものだった。周囲には鉄条網が二重に張り巡らしてあり、外部から中の様子は丸見えだった。

それまでフンドシひとつだけだった桜井は、ここで、ズボンをもらっている。

収容所の内部は、戦闘員と非戦闘員との二つに分かれていた。

宮川と桜井は、もちろん戦闘員収容所に入れられている。

そこには先客がいた。ゼロ戦（海軍零式戦闘機）搭乗員と海軍警備隊員の二人だった。

搭乗員は、ガ島上空の空中戦で燃料タンクに被弾、海上に不時着したところを米軍に捕まった。警備隊員の方は、近くの島での戦闘で足に負傷して人事不省になり、気がついたときは捕虜になっていたということだった。

一方、非戦闘員の収容所には飛行場造成の第十一、第十三設営隊の生き残りたちが入っていた。こちらには、六十名はいたであろうか。

設営隊は、民間出身の軍属の集まりで、土木技術者、電信電話関係者、大工、土木労務者など「いろいろな職種の人たち」だった。

これらの人たちは、「毎日狩り出」され、戦死した日本軍将兵の死体処理をさせられていた。すでに腐乱している死体を引きずっては、穴にほうり込んで埋める。一日に八十体も九十体も処理するということだった。

食事は朝十時と午後五時の一日二回だけだった。

「片栗粉のウドンのような、とう麺というもの」だった。これでも、二人にとっては、「食べ物を捜してジャングルをさまよい歩くよりは、ずっとまし」であった。もっとも、そうした食糧は、もとはといえば、日本軍が持ってきたものなのである。

——つらいことは、友軍が、つい目と鼻の先の同じ島内で懸命に戦っていることを自覚することだった。

「しばらくすると、わが軍の飛行機が、夜中の二時、三時ころ空襲にやって来ることが多くなった。ラバウル基地から飛んでくるものと思われた」

「米兵はテントで簡易ベッドに真っ裸で寝ていて、日本の飛行機に急襲されると、アワをくって、服も着ないで外へ飛び出した」

「自分たちも友軍機の空襲の危険にさらされながら、それを見ていて、アメ公がフリチンでまた飛び出して来やがった、口汚くののしっては、溜飲を下げていた」

「日本軍の空からの空襲がひんぱんになると、米兵たちは日本軍が近く再上陸してくるのではないかと、浮き足立っているように見えた」（桜井『地獄からの生還』）

「空襲警報が鳴った。湾内の艦船が移動しはじめ、飛行場の飛行機が飛び立っていくのが見える。艦船は湾外へと移動し、飛行場はもぬけのカラとなる。日本軍機の来襲一時間前であった」

「各艦船の砲身は、仰角いっぱいに空に向けられている。日本軍中攻隊がガ島上空に向かってくる。高度は四、五千メートルぐらいか。いくつかの編隊は爆撃コースに入った」

「護衛のゼロ戦隊が、すでに中攻隊の上空で空戦をはじめている。弾幕は中攻隊の前方で炸裂している」

「飛行場めがけて中攻隊の爆弾がつぎつぎと投下され、そのたびにズシンズシンと収容所の柵がゆれる。黒煙が立ちあがる」

「命中弾を受けた日本機が一機、二機と空中分解しながら落下する。戦友の中攻隊員のことを思うと、身を切られる思いだ。がんばれ、と、心の中で叫ぶ」（宮川『手記』）

「そんな状況下で、捕虜の日本兵がいたのでは、なにが起こるか分からないと思った」らしい。一週間か十日も経《た》ったころだったろうか、宮川、桜井をはじめとする捕虜たちは、急遽輸送船に乗せられ、「砲声と爆音がとどろく」ガ島を後に、さらに南下している。

「母国はますます遠くなっていく」

――昭和十七年十一月末のことだった。

第二章　飛行場設営隊の意外なる善戦

暁の急襲

「戦後五十年」と言われた平成七年のはじめ、元ガダルカナル島派遣海軍第十一設営隊、元海軍主計少尉は、「秋にガ島で現地慰霊祭をやるから行かないか」との戦友会からの誘いかけに、断わりの手紙を書いている。

「行きたいのは山々ですが、十年前、やはりガ島の慰霊から帰ったあと、原因不明の頭痛に二ヵ月間、悩まされ続けたことを思い出すと『ゾッ』とします。おそらく亡霊が頭の中にたくさん入り込んで来られたものと思っております」

元少尉は九州で会計事務所を開いている。仕事は忙しいし、ボケるヒマはない。

その元少尉が、かなり本気で「ガダルカナルに行くと亡霊に取りつかれる」と言うのだ。

いまでも目に浮かぶのは、飢餓とマラリアに悩まされ、圧倒的な兵力を誇る米軍に追われに追われ、幽鬼のようにジャングルをさまよう戦友たちの姿である。

それはまた、「いずれは朽ち果ててしまうのだろうという思い」を抱いてさすらっていた自分自身の姿でもあった。

ガ島に行けば、その時のことがまざまざと思い出され、無念の最期を遂げた戦友が次々と現われてきては、頭の中で問答を繰り返すものだから、帰国後、しばらくの間は「ぜんぜん仕事にならない」というのである。

元少尉が所属していた第十一設営隊は、ガ島攻防戦のきっかけとなった同島北端の飛行場建設に狩り出された組だ。どうにかこうにか滑走路を作り上げたところで連合軍が上陸してきた。以降、この飛行場争奪をめぐっての約半年に及ぶすさまじい戦闘の渦中に、初《しょ》っぱなから巻き込まれていっている。

この設営隊に関する記録は少ない。どの隊かは明らかではないが、南太平洋の小島向けに、やはり設営隊を運ぶことになった三井船舶の貨物船、吾妻山丸（七六二二トン）の本間金一郎・二等航海士＝写真＝は、こんな記憶を持つ。

「モッコとツルハシを持っていて、それで滑走路をつくるという話でしてね」

それでも元気いっぱい。

「あのへんをウロつく敵機はみんな落として見せますよなんて、意気天を突くものがありましたなあ」

大丈夫かいなとは思ったものの、そんなことは口にできない。そうかい、そうかい、よっしゃと、船側も張り切って快速を飛ばしたのだった。（拙著『撃沈された船員たちの記録』）

昭和十七年七月六日、第十一設営隊千五百八十名は、輸送船でガ島に到着している。

将兵二百三十名、民間からの軍属（作業員）千三百五十名であった。僚隊の千二百二十一名からなる第十三設営隊も、ほぼ同じころ、別の輸送船で上陸を果たしている。

第十一設営隊は飛行場の滑走路作り、第十三設営隊は誘導路、道路、橋、通信施設の建設が、それぞれの担当とされていた。

のちに「日米最大の激戦地」として知られることになるソロモン諸島ガダルカナル島だが、それまでは、まったくの「無名の地」だった。

元少尉もまた、「ガダル行きだってさ」と、あわてて地図を開いている。

行き先を「GUADALCANAL」と指定された輸送船一等航海士が、命令書とチャートを広げて、「はて、なんと発音するのだろう」と、しばらく首をひねったというハナシも残っている。

本間金一郎

陸軍当局ですら、海軍がそんなところに飛行場を作っていることは知らず、米軍上陸との緊急報告に、「どこだ、どこだ」と地図を指で追いかけたものの、見つけ出すのにえらく時間がかかったというヘンな話もある。

ガダルカナルは、この程度の「名も知らぬ南海の小島」だったのである。

しかし、米国と豪州と結ぶ輸送ルートを遮断するには、ガダルカナルは絶好の位置を占めていた。ここに強力な航空基地を作れば、戦いを有利に進めることができよう。一方、連合軍としては、ここを抑えられては反攻態勢を整えるのに支障を来たすことになる。なんとしても阻止しなければならぬ。

双方にとってガ島は、にわかに戦略的重要地点としてクローズアップされるにいたった。ここに、開戦以来の連戦連勝の勢いでさらなる南進を意図する日本軍と、戦力の充実を計る連合軍とが激突することになった。

そんな島だったが、設営隊員たちにとっては初めての熱帯の地だ。「なにもかもが珍しいものばかり」であった。

設営隊員たちは、沼地で大きなワニを銃で仕止め、「ワニ鍋だ、ハンドバッグだ」と大騒ぎしている。野牛狩りにも出かけた。やがて貴重な食糧となる大トカゲを追いかけ、飼育して楽しんでもいる。

ジャングルに入ると、赤い鳥、白い鳥が奇声を上げて飛んでいた。川では「名も知らぬ魚」がハネていた。水浴を楽しむこともできた。のちに彼らを苦しめることになったスコールにも、その頃は「気分爽快なり」とはしゃぐ余裕があった。

当初の頃、偵察を兼ねた敵機が一機、二機と散発的にやって来ては造成中の飛行場滑走路に爆弾を落とし、大穴を開けるのがシャクだった。

設営隊の装備は、スコップ、ツルハシ、くわ、のこぎり、ナタといったものだった。機械

ガ島に上陸した米軍(雑誌「丸」提供)

化されたものとしては、ロードローラー、ミキサー、トラック、手押し運搬車。

「すでに米英で使用していたブルドーザー、パワーショベル、トラクター、キャリオール等の機械化されたものに比較すると、各段の差があった」(防衛庁資料)

それでも、作業は順調に進んでいた。

連日、午前五時から午後十時までの突貫作業だった。

「ガダルカナル飛行場建設の設営隊が、滑走路を並んで足を踏み、手でなでていたなどという涙ぐましい話」も後方基地に伝わっていた。

「ツルハシとモッコの作業である。約一ヵ月間毎日何回かのB29(大型爆撃機)による爆撃の合間をぬっての作業の終わりには、パネル造りのバラックで、兵隊の服を着たままの、ときには靴もはいたままの仮眠という夜が毎日続いた」(元少尉『手記』)

八月六日は、上陸一ヵ月目の記念日だった。夕食時、一人当たり酒一合の配給があったから、かなりの盛り上がりがあった。

それが、設営隊にとって「牧歌的だったガ島生活最後の祝宴」となった。

翌七日未明、隊本部前の広場での「朝の体操」が終わった。

その時――。

まだ薄暗い上空で敵小型機の落とした照明弾がきらめくと同時に、いきなり沖合から敵艦隊による艦砲射撃が始まっている。

隊本部炊事場の明かりを狙った初弾から命中したから、居合わせた全員がぶったまげてしまっている。

「海岸近くのバラック建ての宿舎から、ヤシの木立ちの合間を通して見透かすと、いるわ、いるわ、敵軍艦と輸送船が！」

「間違いなく敵上陸と判断されたので、とっさに近くの主計室に飛び込んで、窓のカーテンを引きちぎり主要書類のみひっくるんで、横っ飛びに出た瞬間、事務室の大型金庫に砲弾が命中。間一髪、自分が粉々になるのを免れた」(同)

元少尉は、それから六ヵ月後の十八年二月一日、撤収作戦でやって来た駆逐艦に「拾われ」て、かろうじての生還を果たしている。

その間、「無心に飛ぶヤシガラスを見ては、カラスになりたい」と思い続けていたほどの大苦労をしたのだった。

善戦敢闘続く

元少尉と同じ第十一設営隊に所属し、ガ島戦の開幕から登場するハメになった将兵の一人に、山宮八州男・海軍上等兵曹＝写真＝がいる。

山宮は、戦後、遺族や元戦友に呼びかけて〈ガ島会〉を組織し、これまでにも、たびたびガ島慰霊の旅に出ている。

「機会があれば、いつでも現地慰霊祭には行きます。死んでも死に切れない思いで果てていった仲間への供養は、これで終わりということはありません」

山宮八州男

元少尉と山宮と、人さまざま——。行動形式こそ違え、共通する思いには変わりない。

山宮は、軍隊手帳に克明に日誌をつけている。信号要員だったから、手帳の紙数が尽きれば、信号受信紙を「継ぎ足し、継ぎ足し」て書きつけている。しかし、その紙もなくなり、最後の日付は「十月一日」となっている。

前項で紹介したガ島初期における「牧歌的」な情景は、

この日誌から抜き書きしたものである。

その山宮「海軍第十一設営隊戦闘日誌」によれば（難解な表現は現代風に手直しした。また一部を省略）――

八月六日　本日は、本隊の上陸一ヵ月目の記念日だ。十一設の総員千二百名の命がけの成果で、間もなく完成の飛行場から、日の丸も鮮やかな友軍機が爆音高く飛び立つのだ。頑張ろう。

一〇三〇（午前十時半）敵大型爆撃機ボーイング来る。投弾せるも異常なし。夕食時、酒一合の配給がある。

七日　当直。本部前の広場での体操が終わって解散。未明の上空に低空にて飛ぶ小型機が見える。吊光弾を投下して上空を明々と照らしつつ落下してくると同時に、炊事場の火明りをとらえて初弾から命中した。

艦砲射撃だった。急ぎ走って小高い丘に登る。沖合はるかに敵機動部隊が見える。水平線上に大、中型艦四十から五十は数える。

サイレン音と同時に、幕舎の兵員は防空壕に入る。いよいよ敵の大反攻なり。残念なり。決心はついた。中隊長の命により、暗号書、機密書類の焼却を行う。同時にツラギ基地もやられたらしい。残念だ。今日が最後かも知れない。これも運命だ。内地のみなさまとは九段（靖国神社）で会えるだろう。だいぶ落ち着いてきた。

八日　前夜来、敵上陸部隊は舟艇にて上陸を開始し、陣地を構築せる模様なり。本隊、十

「レッド・ビーチ」と呼ばれる米軍上陸地点（平成四年九月撮影）

三設（第十三設営隊）、警備隊とも合同連結し、応援部隊の到着するまで防御作戦を立てて配置につく。

敵情不明なれど、有力なる機械化部隊の猛反撃による上陸部隊とか。

二四〇〇（午前零時）ごろ、爆音を聞く。ほどなくして砲声インインとして聞こゆ。援軍来たる。上陸かと一同元気も倍加する。敵艦撃沈、戦果いかにと胸躍る（第一次ソロモン海戦）。夜明けを待って海岸を見るも、艦影なし。

九日　全軍進撃してルンガに向かう。警戒態勢にて前進中、警備隊本部付近にて敵偵察隊を発見、直ちに展開、攻撃する。

海岸に見えた敵艦が艦砲を発射したので、全員退避する。砲声インインとジャングルにこだます。小シャクなりと思えど、如何ともしがたい。

一分隊を見張り警戒に残し、昨日の野営陣地に戻る。心身の疲労甚《はなは》だ激しく、一同はげまし合い、援軍の夢を見つつ敵襲の誤報に緊張する。

十日　早朝の偵察の報告で、敵は約四キロの地点に、機銃を有する約一個小隊の部隊ありという。直ちに急行する。

十一日　敵機がしきりに低空で飛来し、爆音が激しい。こちらに重機がなく、反撃不能だ。いまだに援軍来たらず、はるかに砲声がインインと轟く。

十二日　朝食なし。一同の疲労大きく、指揮小隊長の許可を受け、一、三分隊が食料採取のため出動する。

十三日　第二小隊が突撃を敢行し、敵の一個小隊が全滅する。遺棄死体二十二名。わが方は計七名の戦死。残念なり。

山宮『日誌』によると、それなりの覚悟のもと、設営隊の将兵たちは圧倒的な来攻兵力にもひるまず、その敵前線に対して果敢な戦いを挑んでいることがうかがえる。

これに関して、防衛庁資料は次のように記している。

「ガ島所在の部隊に対しては、ツラギ方面所在部隊のような勇戦敢闘を期待するのは無理であった」

「設営隊の大部の人員は、いうまでもなく工員であって、陸戦能力（小銃又は拳銃装備）を有する者は、第十一設営隊約百八十名、第十三設営隊約百名に過ぎなかった」

「地上部隊の来攻に対する陣地は、まだほとんど準備していなかったし、持っている火砲は全部でわずか高角砲六門と山砲二門に過ぎなかった」

とくに第十一設営隊については、「不意を急襲されたので混乱状態に陥って、指揮官の手裡から離散してしまった」「間断ない砲爆撃と機銃掃射によって（中略）電信機は破壊され、一切の通信は途絶した」とある。

山宮『日誌』は続く――。

「一木支隊奮戦之地」（平成四年九月撮影）

八月十四日　給食は全然なし。壕内にて仮寝をとる。疲労濃し。マタニカウ川の川岸にて陣地構築中、突如、敵の射撃を受ける。軽機銃だ。バタバタと二人が倒れ、胸から血を噴き出した。ちくしょう、狙撃だ。直ちに川向こうの草むらに重機、小銃を乱射する。（重傷を負った）若年兵の高橋二水が「お母さん、お母さん」と泣き叫ぶ。涙が出た。きっと仇はとってやるぞ。

十七日　ついに援軍来るの快報あり。昨夜、陸戦隊（陸軍・一木支隊）が上陸とか。快哉。低空にて偵察中の敵機は、こちらに反撃の火砲なしとみてか、傍若無人なり。今に見ておれ。夕刻、援軍の陸戦隊（の一

部）が近くに野営した。頼もしい限りだ。
十九日　敵の砲撃がますます激しくなる。マタニカウ川岸の警備についた第一小隊の安否はいかに。第二小隊が直ちに応援に駆けつけたが、すでに遅かりし。敵機銃隊の包囲を受け、最後まで第一線を死守するも、全滅、戦死。
二十日　今夜半、一木支隊が飛行場突入の予定なり。一六〇〇ごろ敵艦爆らしき三十機がついに着陸する。残念なり。定めし今後の作戦も至難ならんか。
二十一日　〇二〇〇ごろ砲声が絶え間なくつづく。敵陣地付近より東方面に撃ち出すらしい。一木支隊の反撃は困難か。一〇〇〇ごろまで続く。昨日着陸せる敵機はさっそく哨戒、爆撃に飛び上がる。味方機は来たらず。

『日誌』にあるように、ガ島米軍上陸との報に、飛行場奪取のため「おっとり刀で」急派された一木支隊約九百名は無念の敗退を強いられた。

さらに緊急投入された川口支隊、続いて駆けつけた第二師団将兵（仙台）による総攻撃も失敗に終わった。輸送船団をやられ、かろうじて「身ひとつ」で上陸を果たした第三十八師団（名古屋）の精鋭らもまた、多くが倒れた。

その後――

「惨澹たる飢餓とマラリアとの戦いが始まり、ガ島転じて『餓島』となり、攻撃力なく持久戦となってしまった」（第三十八師団工兵第三十八連隊史）

「東側のジャングルには、残存する兵がみな飢餓の状況にあり、マラリア熱の病人が続出する地獄の形相を呈しているという。われわれとて糧食なく、椰子リンゴを分けてやれるだけだ。ああ、天に神なかりしか」（山宮『日誌』）

山宮は、アメーバ赤痢、マラリアに侵され、飢餓に迫られながらも戦い続けている。昭和十八年一月十八日ごろのことであったか、命により、他の隊員十四、五人とともに「地獄の島」を潜水艦でやっとのことで脱出している。艦内で乗組員の下士官から「ご苦労さまでした。もう大丈夫ですよ」といたわられたのだが、出るはずのうれし涙も枯れ果てていた。

ふたたび三たび

元船舶工兵第三連隊所属の牛尾節夫陸軍一等兵＝写真＝は、昭和十七年十月十五日、それまでの敗勢を一気に挽回すべく企画された強行輸送作戦により、ラバウル港を出港した輸送船南海丸で、ガダルカナル島タサファロングに上陸している。

当初、牛尾ら一般兵には、行き先は知らされていなかった。だが、噂は流れていた。その目的地というのは、「わが日本軍が二十日間も、なにも食べずに敵と対峙している東方の小島」であろうというものだった。

ガ島に米軍を中心とした連合軍が上陸してから、すでに二ヵ月以上が経過していた。奪回作戦に投入された一木支隊、川口支隊による二度にわたる総攻撃も空しく終わり、ガ島の日本軍陣地では早くも飢餓との戦いが始まっていた段階に当たっていた。

しかし、後方の一般将兵らは、間近のラバウル基地ですら「本当のハナシかなあ」と、まだまだ実感として受け取っていなかった。牛尾自身、いざ南海丸に乗船してガ島に向かう段階になっても「いままで負けを知らぬ日本軍。陸

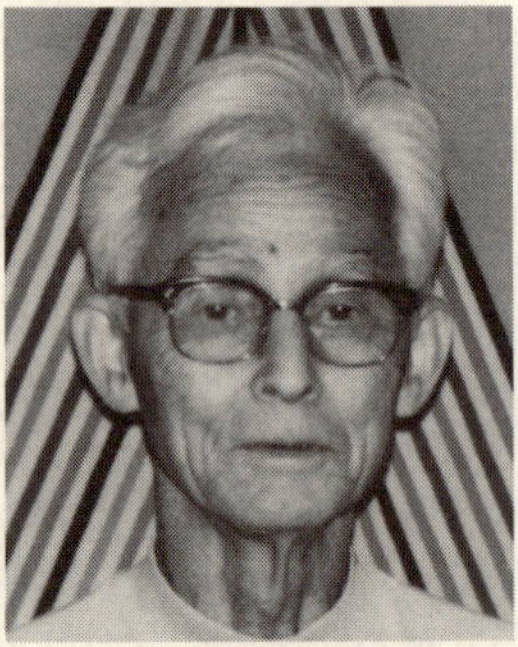

牛尾節夫

地さへ踏めばなんとかなる」と思っている。

――さて、ガ島タサファロングの浜に上陸した牛尾ら船舶工兵たちは、数人の「異様な風体の人間」に気づいている。

頭髪はぼうぼうと伸び、やせた土色の顔に、ヒゲも伸び放題。衣服は泥とアカでてかてかに光り、ズボンは膝が抜け、すねから下はやせ細った足がのぞいている。腰には缶詰の空き缶をぶら下げているといったいでたちなのだ。

初めは、わが軍に好意を持つ現地人が、物資揚陸作業を手伝ってくれていると思っていた。だが、どうも様子が違う。

作業が一段落したあと、朝食にかかることになった。彼らも近くに腰を下ろし、うつむい

南海丸（商船三井提供）

たり、牛尾らの方を遠慮がちに見ている。

握り飯を食べている時、将兵の一人が思い切って声をかけている。

「おーい、君たちは日本人か」

弱々しい返事があった。

「はい、そうです」

牛尾は、思わず、口に運びかけた手を止めている。

そして、おずおずと近づいてきた元気のない彼らに「朝食がまだなのだな」「これでよかったら」と、食べ残しの握り飯を差し出している。

と、驚くべき反応があった。「もらっていいのですか、本当に」と、震える両手で、受け取った彼らは、しばらく食べようとしないで、じっと見入ったままなのだ。

その顔をよく見ると、なんと、両眼から大粒の涙を流している。涙が、痩せた頬を伝わり、ヒゲを伝わり、流れているのだった。

「生きていて、よかったなあ」

そんなことまで言うのだった。

民間の設営隊員だった。

米軍の上陸以来、追われ続けた。

「木の実、ヤシの実、川のコケ」など、「およそ、食べられそうな物は、なんでも」口に入れた。餓死者はじめ、マラリアなどの熱帯性の熱病で死ぬ者が相次ぎ、みなちりぢりになってしまったということだった。

暗澹たる気持ちになりながらも、牛尾らは、彼らを前に胸を張っている。

「これでもわれわれは、開戦以来、フィリピン、ジャワの上陸戦で大勝利を収めた部隊だ。アメ公（米軍）なんか一気にやっつけてやるから。見といてくれ」

そんなふうに言いながらも、牛尾は、背後から這い上がってくる冷たいものを、ふと、感じている。

果たして、この直後から始まった空襲により、直属の上官である部隊長、隊長の二人をたちまち失っている。

上陸第一日目がスタートしたばかりだというのに、なんということか――。

部隊は早々に移動することになった。持てるだけ、背負えるだけの食糧を運ぶのだ。浜には、せっかく荷揚げした食糧が残ったままである。将兵たちは、階級もなにもなく、ビール瓶のセンを抜き、パイナップルの缶詰を開けている。

もっともビールの方は、いつもの調子は出ていない。「酔いつぶれて敵に捕まったなんて、

タサファロングの浜に擱座した輸送船の残骸
（平成四年九月撮影）

マンガもの」だったからだし、缶詰にしても「パイ缶で酔うわけないぞ。遠慮なくやれ」なんていわれても、戦闘のことを考えれば、そちらの方が気になってそうそう手が出るものではなかった。

以降、牛尾らは翌年二月の撤収作戦で収容されるまで、「飢餓と悪疫の戦場」をさまようことになってしまう。

その間、牛尾と民間の設営隊員との奇妙な出会いが見られている。

もう、その年も終わろうかという日。夕暮れの中を、痛々しいまでに弱った二人連れがあった。

「お互いに寄り添い、そのお互いの支えによって、ようやく生命を保ち続けているよう」な、そんな感じだった。

「飛行場設営隊員です。えらい目に遭いました」

力なく語る彼らは、もう四ヵ月以上も「指揮統制は全然なく、いたずらにジャングルを彷徨するのみ」で、いわゆる正規の食糧と称するものはぜんぜん口にしたこともないという。まがりなりにも食糧を用意していた牛尾の隊ですら、二ヵ月が経ったいま、なんともみじめな状態なのである。まして、民間の設営隊には、どんな救いの手が差し伸べられたというのであろうか。よくぞ生き延びたものだ。

少しも軍隊ずれしていない話しぶりや態度にも好感をおぼえた牛尾は、わずかなものだったが、ひそかに隊の食糧を持ち出してきて与えている。

あとで、古兵にこっぴどく叱られることになったが、隊の貴重きわまりない食糧を他人に提供することは、当時の「島の常識」からいって、たしかに「信じられないような出来事」だった。

「本当に、もらっていいんでしょうか」

二人は声を出して泣き出している。「地獄で仏」と、いくども礼を言いながら、ふたたび相寄り添って闇の中に消えて行っている。

しばらくして、この設営隊員のうちの一人だけと会ったが、あとの一人は「この間、死にました」ということだった。

そして、三度目——。

ある日、どうも身体の調子がおかしいと心配していたが、無理して隊の作業に加わったのがいけなかったのか、やはりマラリアの再発だった。牛尾は、作業現場から離れたところで一時《いっとき》の休みを取っている。

スコールが来た。牛尾は大木の下に移って、立ったまま激しい悪寒と激痛を必死で耐えている。大粒の雨が震える身体を容赦なく濡らしている。

そこへ、あの生き残りの設営隊員が通りかかっている。実に懐かし気な顔を見せて近寄ってきている。

「あ、兵隊さん」

「どこか悪いんですか」

「マラリアが急に出て……」

答えるのがやっとの牛尾の姿に、その設営隊員は、

「これ、マラリアの薬です」

と、胸の奥に手をやり、幾重にも包んだ紙の中から、二粒の白い錠剤を大事そうに取り出している。そして、

「ああ、それにしてもよかった」

「これで、あの時のご恩返しが、いくらかでもできたような気がします」

早く元気になってくださいと、何度も振り返りながら、スコールの中を立ち去って行ったのだった。

一気に薬を飲み込んだ牛尾だったが、発熱による苦しさのあまり、ろくにお礼が言えなかったことを、長い間、悔いることになった。

病状はその時が最悪だったらしく、やがて治まっている。隊員からもらった薬が効いたのかも知れない。いや、たしかに効いたのだ。そう信じたい。

「忘れられないのは、その貴重な薬を私に譲って、満足し切ったような、彼の晴ればれとした顔つきです」

「神も仏もないようなガ島で、因果応報とはこのことか」

そのあまりにも単純明快な摂理（と言うべきであろう）の展開に、牛尾は心の中で感嘆の声をあげている。そして、無事に生還しているものであれば、もう一度会いたいものだ。そんな気にしきりに駆られたのだった。

——この項は、牛尾の話と同著『神を見た兵隊』から構成しているのだが、このあたりになると、いまでも牛尾は、語尾がちょいと震えてくるのである。

第三章　海に還った戦艦「比叡」艦長の遺骨

艦長の遺骨

平成六年三月九日未明、元戦友や遺族ら二百六十二人を乗せた商船三井客船の豪華客船「ふじ丸」（二万三四四〇トン）は、ソロモン海ガダルカナル島沖を目指していた。明け切れぬ南の空には綿を千切ったような赤い雲が転々としていた。中空には巨大な積乱雲が伸びていた。すでにその頂点はアカネ色に染まっている。海面だけが暗かった。それでも、いくつかのはじける白波が見え、夜明けが近いことを占っていた。

船橋には大勢の船客が集まっていた。備えつけの双眼鏡を目にあて、あるいは目をこらして行く手を見守っていた。船橋のドアを開けて両端のウィングに出ると、船の速力に合わせたそれなりの向かい風があった。しかし、船橋の中に戻りたいと思わせるほどのものではなかった。

こんな未明の時刻に、このような多くの船客が出てきているのは、やがて前方に現われてくると予告されているガ島をいち早く見たいがためだった。

ガ島を見る――。それは、今回の太平洋戦争南方方面終結五十周年を記念しての「ふじ丸・南太平洋慰霊の旅」のハイライトであった。

ガ島見ゆ——慰霊船「ふじ丸」船橋から
（平成六年三月撮影）

午前五時十分、日の出。

ガ島エスペランス岬が見えてきた。

その沖に、丸々としたサボ島が浮かんでいた。

「ふじ丸」は、このサボ島間近まで航進することになっていた。

午前五時三十分。

こんな早い時間なのに、船尾上甲板では洋上慰霊祭がはじまった。

「ガダルカナル近海・ソロモン近海合同慰霊祭」というものだった。

兵庫県龍野市からの船客、西田正人＝写真＝は、式なかば、この慰霊祭の会場から、そっと抜け出している。甲板のすみに置いていた包み物と菊の花を大切そうに持ち上げ、一層下の甲板に下りて行った。すでに太陽は昇り切っていた。降るような陽射しが、南の海に明るくそそがれていた。船の左舷前方から、サボ島が近くなりつつあった。

西田は包みを甲板上に下ろし、取り出したものを両手で大きく捧げた。しばらく口を動かしたあと、包みの中のものを海面に投じた。菊の花もそっと投げ入れた。日本酒の小瓶の中味も、ゆっくりゆっくりと、海に注いだ。

ちょうど、その時、船は大きくカジを切った。にわかに風が渦巻いた。風は、西田の黒い喪服のすそを大きくあおり、頭髪を逆立たせた。包み物を入れていたビニール袋、花を巻いていた紙などすべてが吹っ飛んで行った。

揺れる身体、よろける足元。そんな中で、西田は、内ポケットから取り出したものを懸命に読み上げている。その声は、時には途切れ、時にはかすれながら、サボ島海域に飛んで行っている。

西田正人

西田の父親は、「西田正雄」といった。元海軍大佐だった。

西田大佐は、連合艦隊が誇った高速戦艦「比叡《ひえい》」の艦長をしていた。

「比叡」は、昭和十七年十一月十二日から翌十三日にかけ、ガ島沖で起きた米艦隊との第三次ソロモン海戦で、敵艦の集中砲火を浴びて沈んでいる。

沈没場所が、まさにこのサボ島近くの海域であった。

サボ島（中央）とエスペランス岬（左）
（雑誌「丸」提供）

「比叡」は、開戦劈《へき》頭の真珠湾攻撃、インド洋作戦に参加、さらにミッドウェー作戦、続いてソロモン海戦、南太平洋海戦と転戦。高速を利して奮戦した有名艦だった。沈むことになった第三次ソロモン海戦では、艦尾のカジ部に被弾、航行が不自由となった。そこへ敵機の襲来しきりである。艦内の修理に全力を傾注したが、依然として進退ままならず。

いかにすべきか。

山本連合艦隊司令長官も苦慮したあげく、決断した。

――「処分セヨ」

「比叡」は自ら艦底のキングストン弁を開いて、自沈した。

日本海軍で初の戦艦喪失であった。

この時、艦長・西田は退艦を拒んだ。しかし、部下の手により「むりやりに」救出されている。

しかし、「艦の最後を見届けずに退艦した」「艦と運命をともにすべきだった」ということから、その後の海軍当局による待遇は冷たかった。閑職を歴任するという

戦艦「比叡」（雑誌「丸」提供）

「冷や飯」を食わされているうち、ついに終戦を迎えることになった。

海軍兵学校、海軍大学をいずれもトップの成績で卒業し、「日本海軍の逸材」「未来の提督」とまでいわれた海軍軍人の寂しい終わり方だった。

——戦後、部下による必死の救出劇のいきさつはもちろん、戦争に関する話題は一切避け続けている。

長い間、龍野市内にある製麺工場の責任者をしていた。「おやじさん」「おやじさん」と慕われていたが、二百人からいた従業員の中で、最後まで西田大佐の本当の「正体」を知る者はだれ一人としていなかったというハナシもある。

よく、旅行した。部下の墓参と遺族への弔意の行脚だった、といわれる。

昭和四十九年三月没。七十八歳であった。

——長男の西田正人もまた軍人だった。元陸軍中尉。重爆撃機乗り。

だから、戦後の長い間、父親の「こと志と異なった」辛

父の遺骨を散骨する西田さん

い心境を分かり過ぎる思いで見守ってきた。

そうした父親がふともらした「おれには墓なぞいらんよ。海にでも投げ込んでくれ」という言葉も、しっかりと胸にとどめていた。

その西田による南太平洋慰霊船「ふじ丸」の後部甲板における独《ひと》りぼっちの慰霊祭は続いていた。

読み上げていた文の冒頭には、「お詫びの言葉」と書かれてあった。

――ここサボ島沖に眠る軍艦・比叡乗組員、鈴木正金・故海軍大佐ほか百八十六名の英霊に謹んで申し上げます。

艦長の故西田正雄は、こと志と異なり、諸種の状況により、艦と運命をともにすることが出来なかったことを深くお詫び申し上げます。

西田は昭和四十九年三月十九日午前六時、天命を全ういたしました。本日、平成六年三月九日、その分骨を、皆様のところに沈め、末長く共に眠らせていただきます。

先に、西田が海に投入したものは、父親・西田正雄の遺骨だったのだ。

「ガ島の海に戻りたい」

それが、父親の本音ではなかったか。

そんなふうに思えてならず、そう思うと、たまらなくなって、西田は、この「慰霊の船旅」に参加して来ていたのだった。

「お詫びの言葉」は西田が書いた。

「親父もこれでゆっくりと眠れることでしょう」

「長いあいだの宿題を、いま、やっと果たした思いです」

すぐ上の甲板における合同慰霊祭はなおも続いていた。カセットテープによる「国の鎮め」の調べがゆったりと流れていた。

船尾には白い航跡。そこに、たくさんの黄色い菊の花が投げ込まれていた。目を上げると、サボ島を中心点として濃紺の海が広がっていた。

このあたりの海域には、おびただしい日米双方の艦艇が沈み、「アイアン・ボトム・サウンド（鉄底海峡）」とまで呼ばれているところなのである。

いま、ソロモン諸島政府観光局発行の海図にも、この名称が採用されている。

二隻の駆逐艦

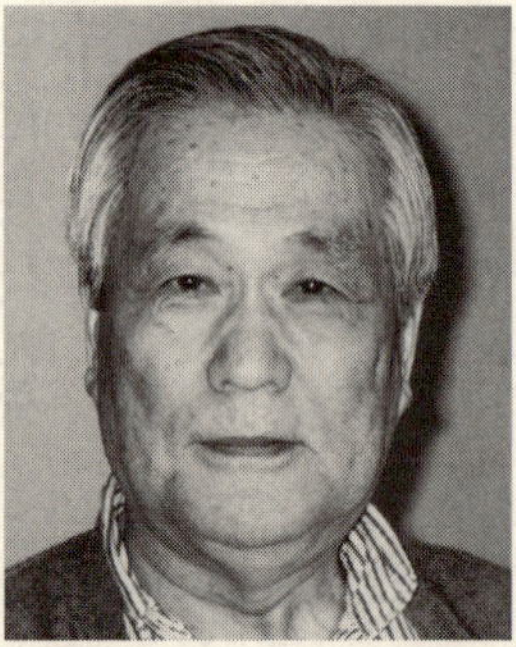
新屋徳治

戦艦「比叡」が沈んだ昭和十七年十一月十二日深夜から翌十三日にかけての第三次ソロモン海戦では、駆逐艦「暁《あかつき》」「夕立《ゆうだち》」の二隻もまた、サボ島周辺海域で沈没している。

なお、この海戦での日本側喪失艦船はこの三隻だけだった。ほかに駆逐艦三隻が損傷した。一方、米艦隊側は巡洋艦一、駆逐艦四の計五隻を失い、六隻が損傷している。

日本側沈没艦のうち、「暁」については、戦後も長いあいだ、その最後の模様は判明しなかった。四十五年三月刊の防衛庁資料でも、

「暁は二三三〇（十二日午後十一時三十分）ころ、雷《いかづち》の、次いで比叡の艦首を横過したが、その後、状況不明で、被弾沈没したものと認められる」

とあるだけだ。

「状況不明」の理由は、緒戦の段階でやられ、その後の混戦、乱戦の中、乗組員が誰一人として味方の手で救出されなかったことによるものと思われる。

駆逐艦「暁」の水雷長、新屋《しんや》徳治《みちはる》海軍中尉＝写真＝は、米軍によって救出されている。乗艦を沈められ、頭部、手足を負傷しながら、一晩中、海上を漂流していた。力も尽き果てた

駆逐艦「暁」（雑誌「丸」提供）

ころ、走り寄ってきた米軍の上陸用舟艇の水兵から救助の声がかかった。

この時、新屋は、

「ノー・サンクス（いや、結構）」

と、答えている。

泳ぎ去ろうとしたのだが、ばたばたするだけ。毛むくじゃらの手で、力づくで舟艇に引き上げられた時には、もうそのまま動けなくなっている。

「暁」は、海戦の最も早い時期にやられた。

「敵らしきもの見えます！」

右舷前方を監視していた見張員の絶叫が上がったのは、先行していた僚艦「夕立」から「敵発見」の無線電話が入ったのと、ほとんど同時だった。

新屋がのぞいていた水雷（魚雷）発射指揮用の十五センチ眼鏡を通しても、敵艦らしい艦影がいくつか見えてきた。

いよいよ海戦である——。

敵艦隊に近づき、前方哨戒の駆逐艦一隻が右舷向こうを走っているのが見える。

「見敵必戦」か。これをやり過ごし、後ろから見えてきた、より大物の艦を狙うか。

新屋の咄嗟の判断では、「この態勢では、明らかにそっとこの駆逐艦を見送り、後方の巡洋艦らしいものを攻撃した方が有利」と思えた。

だが、命令は「駆逐艦攻撃」だった。

ぐわーっと砲塔が右に旋回する。探照灯がつけられる。ぱっと眩い一条の光が、闇夜の中に敵駆逐艦を捉える。

「撃てっ！」

その瞬間、「暁」の艦橋は「ものすごい音響」と「すさまじい爆風」に包まれている。

探照灯でその位置をさらした「暁」は、逆に敵駆逐艦の後方に控えていた巡洋艦の絶好の目標となったのだった。

「暁」は、その場で動けなくなっている。

敵弾は、艦橋以外の各所にも命中していた。機関室もやられていた。そこから火炎が噴き出していた。早くも左舷に傾きつつあった。

艦橋は全滅状態だった。やがて息を吹き返した新屋は、帽子が吹き飛び、それに「いまだに理解できない」のだが、靴が両方とも脱げてしまっているのに気がついている。立ち上がったものの、床がぬるぬると滑る。艦の傾斜に合わせ、戦死者から流れ出す血が寄せてくるのだ。

「暁」は、艦尾から沈みはじめ、やがて「すーっ」と、海面より姿を消していっている。

――のちに新屋は、ニュージーランドのフェザーストン捕虜収容所に送られた。

ここで、「暁」乗員の生き残り八名と出会い、びっくりしている。

戦後、米軍の上陸用舟艇により、帰国を果たしている。その際、舟艇はガ島海域を通り過ぎるコースをたどった。三年ぶりに見るガ島とその周辺の島々に、新屋は「一種の感動を禁じ得ない」でいる。

そして、足元に眠っているであろう駆逐艦「暁」のことを思うと、その上を通るのが「たまらないような」「厳粛な気持ちにうたれ」たのだった。

一方、駆逐艦「夕立」の場合は、どうだったか。

夕立は艦隊の最先頭を走っていた。「暁」も受信した「敵発見」の第一報を打っている。

これにより、戦艦「比叡」は探照灯を照らしての照射砲撃に移っている。日本海軍の伝統的な戦法であった。

このため「比叡」は、敵艦隊の最大の標的となり、それが沈没へとつながっていくのだが、ともかくも主力艦船が正攻法で戦闘開始したのと同時に、「夕立」は「ワレ突撃ス」と打電したあと、単艦真っしぐらに、敵艦隊へと向かっていっている。

「夕立ハ緒戦ニ於テ大胆沈着、能《ヨ》ク大敵ノ側背ニ肉薄強襲シ（中略）先ヅ敵ヲ大混乱ニ陥レ、（中略）縦横無尽ニ奮戦セルハ、当夜ノ大勝ノ端緒ヲ作為セルモノトイフベク（中略）其ノ

駆逐艦「夕立」（雑誌「丸」提供）

功績ハ抜群ナルモノト認ム」（防衛庁資料）

そんな「夕立」だったが、やはり、タダでは済まなかった。

敵艦の連続砲撃を受け、艦橋、機関室、射撃指揮所などに二十七発も被弾している。

航海士兼通信士の大森正人海軍少尉＝写真＝は、その時、艦橋にあった。

「ガシッ」という音を聞いている。同時に「右側から砂を交えたような爆風」を受け、一瞬のうちに「なぎ倒され」ている。

居合わせた艦長以下、ほとんどが負傷した。

大森は、起き上がりながら、顔をなでてみて、ありゃーっと思っている。

右側頭部から右首にかけて、多数の弾片が突き刺さっているのだ。右眉のところの大きな弾片はなんとか引き抜いたが、どうしたことか、痛みをぜんぜん感じない。

さて、「夕立」――。

マストは折れ、煙突は吹っ飛び、上部構造物の多くが破壊された。見る間に火炎と黒煙が艦全体を覆いはじめた。それでも、乗組員たちは防火に努める一方、寝具の吊り床（ハンモック）を持ち出し、これを展張して走ることを考えている。

「せめて、ガ島に漂着し、陸上砲台になろう、と」

しかし、いまや、万事休した。

大森は、伝声管を通じ、もはや脱出不能と知った機関科員たちによる「天皇陛下万歳」の声を聞いている。

生き残りは、横づけしてきた僚艦「五月雨《さみだれ》」に移乗した。振り向くと、大きく傾斜した「夕立」。そして、その向こうに、サボ島を背にし、火炎に包まれた戦艦「比叡」の姿があった。

大森正人

「まるで、巨大なタイマツのようでしてねえ」

大森たちは、声もなく、押し黙ったまま、激戦の海を呆然と見守っている。

大森の右の首筋には、いまも、この時の弾片が残っている。頸動脈に近いため、手術でも取り出すことはできない。

こんな記憶もある——。

今度の第三次ソロモン海戦に参加する直前のことだった

が、ショートランド基地に停泊中、対空砲火により敵機を撃墜したことがあり、搭乗員二名がパラシュートで脱出するのが見えた。艦長の命令で、大森指揮の内火艇が現場海域に向かった。若い顔の敵兵が「ヘルプ、ヘルプ」と泣き叫んでいた。

なんという情けない連中だ。日本兵だったら、

「決して、こんな、みっともないザマは見せないぞ」

大森は、そんなふうに思いながら、ともかくも引っ張り上げてやったのだった。

輸送船団全滅す

戦艦「比叡《ひえい》」、そして、これも翌日沈没することになる戦艦「霧島《きりしま》」を主力とした艦隊が、航空機の援護もないまま、ガダルカナルの海に突っ込んでいったのは、ガ島の陸上戦闘がぎりぎりの段階まで来ていたことを示している。

輸送船、駆逐艦によって上陸した増援部隊の奮闘には見るべきものはあった。しかし、肝心の飛行場奪回作戦は失敗続きに終わっていた。それどころか、もうこの時期になってくると、将兵は疲れ果て、武器弾薬は不足し、なによりも悪疫や飢餓が前線を覆い始めていた。

この劣勢を一挙に挽回するためには、大船団を送るよりほかにない。

このため、ラバウル基地で第二次強行輸送船団が編成された。十一隻からなる大船団であった。これに名古屋の第三十八師団の主力が乗った。在ガ島三万名の将兵のための膨大な食

糧が満載された。

この船団に、どれほど期待がかけられたかは、輸送船と同数の駆逐艦がマン・ツー・マン式に随伴したことからもうかがえる。

この輸送作戦の成功のカギは、敵の飛行場を事前にたたき、いかに敵航空兵力を減耗させるかにかかっていた。このため、主力艦の大口径艦砲によりガ島飛行場を火の海にしようという構想が生まれたのだった。

それまでにも、「金剛《こんごう》」「榛名《はるな》」らの戦艦による砲撃が成功した事例があった。「野砲一〇〇門に匹敵す」「欣喜雀躍す」という報告がある。苦戦している陸軍将兵に対する精神的効果も絶大であった。

ただ、こうした作戦に連合艦隊の主力艦を使うことに、「どうかな」と首を傾げる向きもあった。空からの援護は期待できない。さらに大型艦艇が、あの狭いガ島周辺の海域で充分に働けるかどうか、疑問でもあった。

しかし、もとはといえば、ガ島飛行場はそもそも海軍が設営したものだった。その飛行場が敵の手に落ち、いま、陸軍の将兵が奪回のため苦闘している。

海軍の面目にかけても、今回の輸送作戦は成功させなければならぬ。

「必要とあれば、戦艦『大和』を出撃させてでも、船団護衛の任にあたらせる」と、山本五十六連合艦隊司令長官が断固たる決意を述べたという記録もある。

こうして、「比叡」と「霧島」に、出動命令が下されたのだった。

山月丸（「殉職者追悼録」から）

制空権なしの戦いである。

艦隊の名称は「挺身攻撃隊」というものであった。

だが、このせっかくの艦隊だったが、これもやはり輸送船団を護衛してきた敵艦隊とまともに遭遇し、闇夜の大乱戦状態の中、「比叡」をはじめ、「暁」や「夕立」といった駆逐艦が海没したことは前述の通りだ。

翌日、同海域で再開された海戦で、僚艦「霧島」もまた、奮闘空しく沈没した。「カンザシのような火のかたまり」となって沈んでいっている。

輸送船団の中に、山下汽船所属の貨物船で、山月丸（六四四〇トン）という元ニューヨーク航路に就航していた優秀船があった。

その、谷山龍男二等航海士＝写真＝は、船橋にあって、今回の作戦の困難さを感じ取っている。

なにせ、行ってくれ、と渡された揚陸地点周辺のガ島の海図からして、なんと、陸軍即製のワラ半紙のガリ版刷りだけなのだ。それに、ひと足先に出動していった連合艦隊・挺身攻撃隊は、いったい、どうなったのであろうか。相変わらず、敵機による空襲は頻繁なのだ。

谷山は、戦後の回想記の中で、「約束の友軍機来らず」「天を覆う敵機。友軍機はまだか」と、歯軋りする輸送船船員の苦闘のさまを克明に書き綴っている。

途中、十一隻のうち、七隻までもやられてしまったこの強行輸送船団だったが、それでも、生き残った山月丸をはじめとする四隻の輸送船の「士気は強烈」であった。ぶるっと身震いし、態勢を立て直したあと、まっしぐらにガ島タサファロングの浜に突っ込んでいっている。座礁、擱座してでも、兵員と搭載物資を救うつもりだった。

そこで、海戦にぶつかっている――。

谷山龍男

「夜陰の彼方、前方にガ島の山影がほのかに見えて来た。よく見ると、サボ島もある。敵艦影なきや。なし。一喜一憂。

突如、花と散る吊光弾。いまや白昼の如し。右手に布陣する艦影は、敵か、味方か。飛び散る砲弾。疾駆する艦影。轟沈する大艦また大艦。

『敵艦轟沈』

ややあって元の暗闇にかえる。まことに瞬時の出来事であった。

さて、この一戦は友軍の勝利か、はたまた敵軍か。不安やる方なし。ふと、巨大な艦影が、亡霊の如く眼前に迫って来る。思わず観念のほぞを固める——。紛れもなく見馴れたわが戦艦。夜陰の中、艦首に群がる水兵の白い一団がある。

幸いなるかな、敵艦ではなかった。

『がんばれーっ』

『がんばれーっ』

『しっかり、やれよーっ』

声をかぎりにわが船団を呼んでいる。（中略）いま、死地に投ずるわが船団に、声をかぎりの声援を送っているのだ。

名残は尽きない。行き交う心と心。祖国の運命をになう男と男。私はこれ程の美しさを見たことがない。私はこれ程の感激をしたことがない。（中略）

〈われ等ここにあり〉

家郷の同胞が、いま、見届けてくれているのだ。

明日の命はわからなくとも、この最後の姿さへ見てくれればいい。

遠く低く、水兵の声は夜陰の中に消えていった」（山下汽船山洋会『殉職者追悼録』）

このあと、山月丸ら四隻の輸送船は、浜への座礁・擱座を決行している。

懸命の揚陸作業に移ったのだが、なにせ、敵の飛行場は健在のままなのだ。身動きができなくなったところを、敵機の集中攻撃を浴びている。さらに敵艦隊からの艦砲射撃も加わっている。

全船が、すさまじい炎をあげながら、見る間に鋼鉄の塊と化してしまっている。

ここに、戦艦「比叡」を始めとした連合艦隊・挺身攻撃隊は、文字通り、身を挺しての海戦を繰り広げたのだったが、空《むな》しい結果に終わったのだった。

――山月丸の乗組員七十八名は、飢餓に迫られながら、ガ島内をさまようこと、実に七十八日。救出されたのは、谷山はじめ、わずか六名にすぎなかった。

「ガ島の戦況は日に日に悪化の一途をたどった。遂に餓死する者、病死する者続出し、残るものも生けるムクロになり、行き倒れの悲運にあえぐことになった。もう骨と皮だけになってしまった。

ある者は、内ポケットから妻子の写真を取り出してはポロポロと涙を流し、ある者は、精魂尽き果てて、あおむけのまま、めい目して合掌し、（中略）あとは死を待つばかりである。ガ島は、こんな所であった」（拙著『撃沈された船員たちの記録』）

山月丸とともに擱座した鬼怒川丸（米軍撮影）

余談になるが、海戦のあった日は、船乗りたちが忌み嫌う「十三日の金曜日」だった。

こんな記録がある。

「出港日は、古来、船乗りたちの間で『不吉の日』とされている。今回は見合わせたらどうか、という意見具申が佐渡丸船長からあった」（船舶工兵第二連隊史）

その日本郵船の貨物船・佐渡丸（七一七九トン）も、輸送作戦で大きく傷つき、途中からショートランドに引き返したが、空襲により無残な最期を遂げた。

「意見具申」した広瀬専一船長は、「一片の肉切れを残したのみで血しぶきと共に飛散」した。

第四章　なぜ玉砕部隊は故郷へ帰ったか

夢に出てきた兵隊

平成七年二月十五日、洋上慰霊船「ふじ丸」（二万三三四〇トン）が、福岡・博多港を出ている。

前章「海に還った戦艦『比叡』艦長の遺骨」の項で紹介した、同じ商船三井客船「ふじ丸」による「南太平洋慰霊の船旅」は、前年の平成六年における催しだった。その時はガダルカナル島には寄港せず、沖合のサボ島近くまで来たものの、日程の都合でUターンしていた。

今回は、ちょうど「戦後五十年」にあたり、さらにはガ島にも立ち寄るとあってか、前年を大きく上回る五百四十名の参加者が見られた。

発起人の渡辺守＝写真＝は、空母「千歳」の元機関科員。

昭和十九年十月二十五日、フィリピン沖海戦を戦ったが、「千歳」は艦首を立てて沈み、乗組員千名のうち、八百五十名が戦死した。渡辺は、艦底から奇跡的に脱出した、数少ない生存者の一人だった。

「参加者の平均年齢は七十二歳。これが最後の慰霊船になるでしょうなあ」

その渡辺は、今回の催しに参加できなかった遺族たちから、六百通以上にのぼる手紙を預かっていた。

戦死者あての手紙だった。

該当する海戦海域、あるいは激戦地の沖合で海に流してほしいという、「決して返事の来ない手紙」の束であった。

「どれほど遺族の思いが込められていることか」

渡辺守

心を動かされた渡辺は、自費をはたき、沈没した軍艦や商船の「船の卒塔婆」を作っている。合計三千六百隻分を、知り合いの鉄工所に、鉄板で一隻一隻作製してもらい、その手紙とともに海底に沈めている。

念願のガ島で陸上慰霊祭を催した際は、突然の大スコールに見舞われている。全員がずぶ濡れとなった。

「玉砕した戦友たちの喜びの涙雨か」

一行は天を仰ぎ、口々にそんなふうにも話し合ったのだった。

ガ島戦たけなわの昭和十七年十一月十五日夜のことだった。

ある陸軍上等兵の妻は、夢を見ている。

──原野が広がっている。目の前に堤防が現われてきた。

ふと見ると、その堤防の上を、五歳になったばかりの長男を背負った夫が歩いている。白衣に戦闘帽姿。ややうつむき加減に、とぼとぼと歩いている。それでいて、こちらには目もくれない。

商船三井客船「ふじ丸」

「どこに行くの」

「どこへ行くのですか」

声をかけようとするのだが、どうしたことか、その声が出ないのだ。

「なんども、なんども大声を出そうとしたのですが、ダメでした」

夫の姿がふっと消えた時、目が覚めている。全身、汗まみれであった。

翌朝、養父母が「わたしたちも見た。同じ夢だ」という。

そこへ、夫の親友だった知人が飛んできた。そして、絶句している。

「えっ、四人が四人。同じ夜に同じユメを」

──夫の船舶砲兵第二連隊・陸軍上等兵の戦死

を知らせる公報が届いたのは、それから間もなくのことだった。

「ガダルカナル島ゼキロウ川西方付近ノ戦闘ニ於テ全身爆弾破片創ヲ受ケ戦死セラレ候条此段通知候也」

戦死の日付は、夢の中で、妻が、夫の「とぼとぼ」と歩く姿を見た「昭和十七年十一月十五日」となっていた。（船舶砲兵部隊史）

第三十八師団工兵第三十八連隊第一中隊、高須義一陸軍軍曹＝写真＝は、激戦続くガ島九〇三高地のジャングル内で苦しんでいた。

下痢がひどく、全身の衰弱がひどいのだ。戦友たちも、下痢とマラリアのため、動ける者は少ない。このため、高須は水汲み役を引き受けていたのだが、二百メートルほど先にある川辺まで往復して、半日もかかるというありさまだった。

「このままじゃ、おれはダメになる」

「だからといって、どうすることもできない」

そんなある夜、夢を見ている。

「水のユメでした。自分たちが寝ている場所から、すこし上に登ったところに水があるよ、と、だれだか熱心にささやいてくれるのです」

夢に出た場所は、とっくの昔に調べ済みだった。だが、ひょっとしたらと、翌朝になって高須は、「半信半疑」のまま出かけている。

やはりダメだった。諦めて戻ろうとした。と、足元の落葉から水が染みているのに気づいている。よく見ると、上のガケのようになっているところから、ぽつりぽつり。水が落ちてきているのだ。

「ユメに出てきた水は、これのことか、と」

時間はかかったが、両手に溜った水は意外に透き通っている。口に含んでみたが、別に害があるようには思えない。

水量は少なかったが、それでも、一日で飯盒に二杯分は取れた。

「それから川まで行く必要はなくなりましてねえ」

「だんだん体力もついて来ました」

高須義一

——同じころ、名古屋に住んでいた高須の両親は、ガ島で水に苦しむ息子のユメを見ていた。このため、毎朝、近くの「観音様にお水をあげ」て、熱心なお参りを欠かしていなかったのだった。

本書第一章「ツラギの戦い」で、横浜海軍航空隊、桜井甚作海軍二等工作兵を紹介した。敵艦砲により壕の出入り口をふさがれ、敵中、五十三日間もの「モグラ生活」を余儀なくされた海軍兵のことである。

この桜井の語りにも印象深いものがあった——。

桜井は「ツラギ玉砕」の日をもって、「名誉の戦死」扱いとなっていた。

「南太平洋方面ノ戦闘ニ赫々《カクカク》タル武勲ヲ奏シ昭和十七年八月七日〇〇諸島方面ノ激戦ニ有力ナル敵ヲ要撃遂ニ壮烈ナル戦死ヲ遂ゲラル」

丁重な区民葬も行なわれていた。

だが、父親だけは、息子の死が信じられなかった。

だから、区役所から遺族扶助料が届けられた時なぞ、

「そんなもん、もらっても仕方ねえ」

「金は働けば出来るが、息子は帰らねえ」

そんなタンカを切っている。

その父は、あちこちの「お不動さん」にお参りをして、桜井の無事を祈り続けている。

ある時、神にもすがる思いで、「占い師」に見てもらったところ、

「土グモのように、密閉された状態の穴か、なにかの中で、多少ハラはへらしているが生きている」

当たるも八卦《はっけ》ではないが、そんな卦が出たというからスゴいもんだ。

以来、母親は、桜井のための陰膳を欠かしていない。

復員した時、この父は、しばらく、じいーっ、と、桜井の顔を見たあと、

「これでいいや」

と、つぶやいている。

そして、桜井を連れて、占い師にお礼に行っている。

その後、この占い師は、たいへんな評判になっている。

幻の凱旋部隊

昭和十七年八月二十日深夜のことである。

北海道・旭川市にある第七師団兵営の営門に完全武装の将兵の一隊が入ってきている。下半身はずぶ濡れ、血と泥にまみれた野戦の服装ながら、それでも整然と隊列を組み、がっ、がっ、がっ、と、軍靴の足音は高かった。

事前になんの連絡も受けていなかった衛兵司令は、ともかくも控えの衛兵六名に、出迎えの執銃整列を命ずる一方、当直将校に急報している。

約三十名の一隊は、営内の歩兵第二十八連隊の兵舎に向かい、無言のまま、せめぎ合うようにして中に入り、消えていっている。

兵舎は、ガダルカナル飛行場奪回作戦の第一陣として派遣されているはずの第二十八連隊のものだった。

帰ってきたのは、まさに、その第二十八連隊の将兵たちだったのだ。

駆けつけた当直将校は、ただア然として見守るばかりであった。

――以上は、三十八年秋、地元の古老から聞いた「戦争秘話」である。

つい最近になっても、こんな記録がまとめられている。

――六月のある日の夕刻、将校集会所に集合するように指示があり、二十数名が集まり上官から「部隊は無事に目的地（ガ島）に到着した」と告げられた。薄暗い灯りの下で、皆は声を殺して喜び合った。

八月の二十日か二十一日か定かではないが、立哨の衛兵が深夜十二時頃、背後に何かを感じ、振り向いた目に、抜刀乗馬の将校を先頭にした部隊が近づいてくるのが見えた。「整列」と、衛兵所に声をかけて帰隊に備えたが、しばらくしても帰隊する様子がない。立哨の衛兵は不審に思い振り向いて見たところ、先刻の部隊はかき消すように消え、ただ闇だけが残っていた。

衛兵司令は、下番（勤務明け）に際し連隊副官に報告したが、「貴様らは何を見ているのかッ」と一喝された。

しかし、上番（翌日の深夜勤務者）に事の次第を申し送った。

その夜、昨夜と同じ時刻に、昨夜と同じ現象が現われた。その衛兵も下番の時に、副官に報告すると、「貴様たちもかッ」と怒鳴られた。

留守部隊だったから空《あき》兵舎が各所にあって、二日目は旭川中学（旧制、現・旭川東高校）の学生が一泊の軍事訓練で第十中隊の兵舎に入っていた。午後九時より不寝番の立哨二名、動哨二名（いずれも学生）が勤務していた。
そのうちの立哨一名が、深夜十二時ごろ、兵舎前に中隊が現われ、巻脚半を解き始めるのを見て、驚いて教師に注進する。教師も驚き、兵舎前に走ったが、その時には何も見えなかった。

「翌朝、副官にそのことを報告するが、副官は何も言わなかったそうです。（中略）連隊本部は、命令で各隊の古兵八名を集め、その現象が現れるかどうか確認された。しかし、三日目には何も起こらず、一応この噂は静まっていった。だが、何も知らない学生が何故にという不審が、われわれには残った」（上川神道青年会『潮音――ガダルカナル島慰霊祭記録――』平成七年四月一日刊）

将兵の深夜の帰還と前後して、兵舎の屋根瓦が音を立てて鳴ったり、師団兵営近くの北海道招魂社（北海道護国神社）に将兵の一隊が玉砂利を踏んで参拝していたという話もある。

「師団司令部は噂の拡大をおそれ、まず兵隊の外出を一切禁止すると共に、郵便物の検閲を厳重にし、噂の外部もれに気を配った。同時に憲兵隊が動員され、目撃者の調査、あるいは神社関係者からの事情聴取が行われた」（示村貞夫『北の兵隊』）

旭川の留守部隊兵営でさまざまな異変が見られたまさにその時刻、遠く離れたガ島では、第二十八連隊の一木清直大佐指揮する先遣隊が米軍の飛行場基地に突入し、九百十六名のうち、一木大佐はじめ八百四十名が戦死していた。（遺族会『一木会』資料）

全滅といっていい。壊滅戦であった。

増子勇陸軍上等兵＝写真＝は、このすさまじい戦闘からかろうじて生き残った一人だ。

増子は、日本軍得意の夜襲も及ばず、張り巡らされたバリケードに前進を阻まれた友軍に対して、待ち構えていた米軍により「雨あられ」と撃ち込まれる集中砲火を見ている。

増子勇

「予期はしていたが、突然、真っ暗闇の中で敵の銃口が火を吹き、銃声が闇にこだましながら、夜襲部隊の頭上に逆襲してきた。雨あられをブッつけ本番で来たもんだから、たまったもんじゃない。立つはおろか中腰にさへもなれない。早くいうと、ちょうどカエルをひっつぶしたような格好なのだ。広げた両ヒジを地面につき、両の手の平で銃を横に支え、頭を上げ下げしながら、ヒジと足の爪先とを交互に動かして、砂地をイモムシのように前進する」

「敵砲弾はあちこちのヤシの木を根っ子から吹き飛ばし、戦友たちは砂ぼこりと共に中天に噴き上がり、ばらばらになって落下してくる」（増子『ガ島日誌』）

そして、無抵抗の戦友の「死体のじゅうたん」の上を敵戦車が縦横無尽に走り回り、鋼鉄のキャタピラで人肉をけちらし、押しつぶす「残忍そのものの姿」も見ている。

増子の身体にも、いくつかの銃弾があびせかけられ、いくつかの砲弾の破片がめり込んでいる。傷跡にハエがたかり、ウジがわいている。

なおも追いかけてくるハエの群れを背にし、身体のあちこちを腐らせながら、増子は一人、七日間にわたってジャングルをさまよった。

戦後、長い間、増子は体内に残る四個の砲弾破片に悩まされている。そのうちの一個が、手術により頚部《けいぶ》から摘出されたのは、約五十年後の平成三年三月十二日のことだった。

――飲まず食わずの間、増子が「幻」の中に見たものは、懐かしい故郷・旭川のたたずまいであった。

「故郷では、お盆もはや終わり、秋のみのりを待つばかり。水田も畑も希望にふくらんでいることだろう」

「わが瞼に焼きつきて片時もはなれず、焦がるること渇水に泉を得たる如く、ぬばたまの闇に貧灯を見定めたるによく似たり。ふるさと旭川よ。山よ、川よ、草よ」(同)

その旭川の将校官舎に住んでいた一木支隊・山本一陸軍少尉の妻、山本隆子＝写真＝は、留守部隊兵舎におけるさまざまな怪談めいたハナシについては、街中を駆け抜ける噂の中で耳にしていた。

「まさか」

と、思う半面、もしや、という気持ちは、どうしてもふっ切れるものではなかった。

間もなく、第二十八連隊留守部隊から来意が告げられている。現在のガ島戦況について、

「ご説明におうかがいしたい」というものだった。

留守部隊としても街中に広がる噂は否定できなかった。動揺を隠し切れない将兵の家族のうち、とりあえず将校の家族に対しては、「なんらかの説明」をする必要に迫られたのだった。

山本宅には、陸軍中尉がやって来ている。玄関先に立ったまま、口上を述べている。

「山本少尉は、目下、激戦中です。どうか留守をしっかり守って下さい」

山本隆子

それだけであった。

中尉は、挙手の礼をしたあと、目を伏せるようにして出て行っている。かねて覚悟を決めていた山本隆子だったが、もはやこれまで、であった。全身の力が抜けてしまっている。

「大本営からの発表がないかぎり、留守部隊としても、それしかいいようがなかったのでしょう」「元気でいるとの一言がほしかったのですが、これで、もうだめだと分かりました」

だが、うれしい誤報だった。

二十一年五月、その山本が復員して来ている。

一木支隊鎮魂碑（平成四年九月撮影）

山本少尉は、かろうじてガ島戦を生き抜いた。

山本は一木支隊の後続部隊に属していた。先遣隊より遅れてガ島に上陸したものだから、この先遣隊による総攻撃には参加できなかったのだ。

山本ら、後続部隊の将兵たちは、地団駄を踏んで残念がっている。

そして、先遣隊の生き残り兵に対し、「その全滅をくやしがり」「報復を口々に誓って」いる。

「以後、支隊は不撓不屈の精神をもって間断なく攻撃を続行、あるいは陣地の確保に当たったほか、敵の猛砲爆撃下、物資ならびに患者の輸送に任ずる等、半歳にわたり、よく困難な作戦に耐え、士気いささかも衰えることなく、任務を全うし、北海健児の神髄を遺憾なく発揮した」（同『一木会』資料）

――平成四年九月、一木支隊の生き残り兵、そして遺族たちは、ガ島に「一木支隊鎮魂碑」を建立している。ちょうど、ガ島戦五十年に当たっていた。

旭川における「幻の凱旋部隊」について、戦場こそ違え、自身も中国大陸戦線で六年半を過ごした作家・伊藤桂一は、次のような感想を書いておられる。

「私たちを涙ぐませるのは、これら兵士たちが、自身の家に帰るよりも、まず、郷土の部隊へ帰還した——という一事である。つまり、彼らは迎えられて凱旋したかったのだ。そして、そのうえで、彼らはわが家に戻りたかったのである。

兵隊は、いつの時も、そのような素朴な心情で、故山を出て行き、多くは魂魄となって帰ってきたのである」（伊藤『草の海』）

さまよう霊魂

元陸軍中佐、第八方面軍参謀・太田庄次氏は、戦後、主としてソロモン海のかつての激戦地に出かけ、遺骨収集と戦没者の慰霊に力を尽くしている。元〈ラバウル方面陸海軍戦友会〉代表理事、元〈ラバウル会〉会長。

のちに一連の記録をまとめているが、その中の『南太平洋　殉国散華の人々』には興味深い記載がある。わざわざ「霊魂について」との章を設けていることだ。

そのいくつかを、なるべく原文を生かしながら紹介してみる——。

元第三十八師団、山砲兵第三十八連隊戦友会の高崎享氏は、昭和四十八年六月、ガダルカナル島の遺骨収集に行っている。

——九九〇高地の南側にある第十七軍軍医部跡の遺骨収集をしていた時のこと。

ジャングル内は薄暗くて、ものの見分けもつかないほど、文字通りに昼なお暗い。木の根元や窪地を探すが、なかなか見つからない。

「勇士の幽霊でも出て下さい」と念じつつ探し続けていた。

場所を変えようとした時。と、左手向こうに人影らしきものを見たように思った。

だが、だれもいないのだ。

はっ、と感じて、その左手にある倒木の下を掘ってみた。やがて、二人分と思われる遺骨が現われてきた。抱きしめるようにして集めている。

時間の経つのも忘れて、あちこちから収集した。

やがて、(連れの)大獄さんが、「皆のリュックの下からも、英霊が呼んでいるようだ」と、言い始めた。荷物を移して、その下を掘ると、果たして二体の遺骨が、待っていたように現われたのだった。

「長いこと、うっちゃらかして申し訳ありませんでした」

全員で香を焚《た》き、合掌している。

元第三十八師団参謀・細川直知氏も、四十八年、第三十八師団戦友会の遺骨収集団の団長として、ガ島に出かけている。

このあと、細川氏は、夫人とともにガ島滞在を決意している。

「全島これ戦没者のお骨で埋まっている」

「ガ島の墓守となる」

以来、細川氏は、現地商社員、住民などの協力を得て、全島を歩き、遺骨の収集に努めている。やがて、その住家は、遺骨の山になってしまった。

——夜になると、軍靴の音が聞こえてくる。はね起きて、ドアを開けてみるのだが、だれもいない。

細川氏は思う。

「ははあ、今日の収骨で拾い残した霊が呼びに来たのだな」

そこで、ドアを開け、

「また行くから待っていてくれ」

と、外に向かって話しかけると、軍靴の音は消えていくのだった。

元第三十八師団歩兵第二百二十八連隊、機関銃中隊長・中島鍈《えい》一氏もまた、ガ島戦で部下のほとんどを失った。

四十八年五月、遺骨収集に出かけた時のこと。

ガ島からの遺骨も――(平成六年十月十四日、千鳥ヶ淵戦没者墓苑で)

――九〇三高地西側にあるジャングル内で収集していた。

みんなはよく収集するのだが、なぜか、中島氏だけがカラ振りだったから、

「おれの前にも出てくれよ」

と、念じた時だった。

ふと、樹林に見え隠れする姿を見ている。

ありし日の兵隊の姿だった。

「やあ、来てくれたか」

兵隊はそんな言葉を発している。

あふれるような笑みさえ浮かべ、右手を挙げて「ありがとう」とも言っている。

中島が見つめていると、間もなく、消えていっている。

三人の兵隊は、いくらか痩せていたが、若くて元気そうだった。上陸当時のきちんとした服装のままだったのだ。

万感胸に迫った中島氏は、たまらず、その場にひざまずいている。

そして、ついには大声をあげて泣き伏している。

「僚友に助け起こされたとき、はじめて我にかえった」

これは、ガ島の話ではないが、同書には次のような事例も紹介されている。

――四十九年六月、ラバウル・ココポの仮設陸軍病院の患者病没者の集団埋葬地跡で多数の遺骨がみつかった。

その遺骨は、とりあえず、地元の日系資本による木材会社総支配人（日本人）の社宅階下の一室に安置された。

その日夜、部屋のドアが音もなくすうっと開く。起きてみると、また音もなく閉まってしまう。

総支配人は、この「不思議な現象」にしばしば目を覚ましている。

現地慰霊祭が行なわれたあとは、こうした現象はまったくなくなっている。

総支配人は、次のように思ったという。

「英霊たちが久し振りに、暗い土の中から掘り出されて喜び、昔を語り、故郷に帰る喜びを語り合い、その話の中に加わるように、私を呼びに来たのではないでしょうか」

これは、わたし（筆者）のメモから――

平成四年九月、第三十八師団工兵第三十八連隊戦友会の慰霊団に同行して、ガ島に行った時のこと。

ちょうど「ガ島戦五十年」の節目に当たる年だった。

これまで、しばしば出てきた九〇三高地西側にある谷間におりて行った際、一行のうちの

九〇三高地での慰霊（中央が内野さん）

元第二中隊、内野要作陸軍上等兵が、どうしたことか、動けなくなった。顔色もただならぬ様子であった。

この辺は、ガ島戦当時、米軍に追われた内野の小隊が「逃げ込んだ」ところだった。米軍先遣隊の待ち伏せに会い、将校はじめ戦友数人が相手の銃尾で「殴り殺された」のも、ここらへんだった。内野自身がマラリアで倒れ、意識を失ったのも、ここのあたりではなかったか。

あそこか、いやここか、と、かつての古戦場で手がかりを探し求めて歩いていたのだったが、そのうち動けなくなっている。

「線香をたいてくれ」

そういうのも、実につらそうな様子だった。あとになって、内野・元上等兵は、

「異様な疲れを感じて、体がいうことを聞かなくなった」

「亡き戦友が会いに来たかも知れない、と、思ったら、意識が遠のいた」

と、話している。

同年兵二百名のうち、無事生還し得た者、わずかに「二十名足らず」であった。

ガ島戦で倒れた日本軍将兵二万数千名のうち、八千五百余名が、いまなお、この島に眠ったままなのである。

第五章　餓島戦線まさに異状あり

隠密輸送に倒る

「第三次ソロモン海戦で、海軍は比叡、霧島の二戦艦をはじめ、巡洋艦一隻、駆逐艦三隻を失い、その他に甚大な犠牲を払ったが、その代償として、この船団輸送により揚陸できたのは、兵員は約三千名、弾薬二百六十箱、糧秣千五百俵（全将兵の四日分）に過ぎなかった。

この輸送作戦の失敗は、ガダルカナル戦の命運をも決定的なものとしたのである」（歩兵第二百二十九連隊史）

「激戦の夜があけると、昨日のわが猛爆で難をまぬがれた生き残りの四隻の輸送船が、タサファロング沖に達し、そのうちの三隻は陸岸に乗り上げて物資を揚陸中であるのが見られた。直ちに爆撃を加え、間もなく四隻とも火炎につつまれた。のみならず、揚陸点付近にも火災が起こった。彼らがありとあらゆる困難を冒して、やっと目的地に揚陸したわずかばかりの物資すら、飢えた将兵の手の届く寸前において、かくして破壊され、焼きつくされた。

この三日間にわたる一連の海戦（第三次ソロモン海戦）は、ガ島戦——ひいては太平洋戦争全般の——帰趨を決定するものであった」（米第一海兵師団戦闘記録）

戦艦「霧島」（雑誌「丸」提供）

ガ島の日本軍将兵たちに、本格的な飢えが迫ってきた。

昭和十七年十二月三日、船舶工兵第二連隊第二中隊の吉田武陸軍軍曹＝写真＝は、駆逐艦「黒潮《くろしお》」の艦橋後部の旗甲板から、前方にその姿を現わしつつあるガ島の様子を注視している。

単縦陣で進む駆逐艦は八隻。他に三隻が護衛に当たり、周囲に厳重な警戒の目を光らせながら全速力で走っていた。「黒潮」の積荷のドラム缶は二百個。食糧がびっしりと詰まっていた。

すでにガ島海域は、制海権、制空権とも米軍の掌中にあった。その間隙を縫い、いかにして補給線を確保するか——。輸送艦艇のガ島停泊・揚陸時間が最も短く、最小限の揚陸用舟艇ですみ、しかも揚陸効率を上げるには、いったいどうすればよいか。

その一つの手段が、このドラム缶輸送作戦であった。浮力のあるこのドラム缶をロープで数珠繋ぎにし、駆逐艦で運ぶ。ガ島の味方海岸近くに着いたら、一斉に海中投下する。繋いだロープの一端を小発（小型発動機艇）で引いて現地兵に渡し、これを「地引き網」よろしく引っ張り上げてもらう。そんな要領だった。

いま、駆逐艦「黒潮」に乗る吉田ら船舶工兵七名の役目は、この艦に搭載されている小発を下ろし、ドラム缶のロープを海岸まで引いていくことにあった。

のち、このドラム缶が米軍機の掃射により沈むケースが多発したため、沈まないように、ゴム袋を使うようにもなっている。

この一連の隠密輸送作戦は「ネズミ輸送」と称されるようになっている。高速で突っ走る駆逐艦を総動員したから、相手の米軍側は「東京急行《トウキョウ・エクスプレス》」とも呼んだ。

吉田ら、舟艇操縦、兵員・物資輸送、そして揚陸作業を専門とする船舶工兵たちは、突然、ラバウル基地で始まった航空燃料用ドラム缶の洗浄作業に目を見張ったものだ。

吉田武

海水で洗い、薬品を吹きつけ、また海水で洗う。さらに薬品、そして水洗い。
「兵隊たちが大動員され、いったい、なにが始まったのか、と」
「こんな方法しか残されていないのか。と、ささやき合ったものでした」
だが、たとえどうあろうと、あらゆる手をつくし、飢餓

大戦初期、ソロモンや南方戦線で活躍した日本海軍の水上機部隊（雑誌「丸」提供）

に悩むガ島の将兵たちの危急は救わねばならぬ。

米軍側としても、こうした日本軍の動きを見逃すはずはなかった。

この時も、輸送船団は敵機延べ三十機による襲撃を受けている。護衛の駆逐艦はもとより、「黒潮」も迎撃したが、駆逐艦「巻波」が損傷している。上空護衛に当たっていた水上機七機が果敢に立ち向かっている。しかし、無念にも全滅の運命にあった。

夜九時十五分、タサファロング、進入。ドラム缶、投下。小発を浮かべた吉田らは、ロープをしっかりと固定し、「黒潮」乗組員の「がんばれ」に送られながら、海岸目指している。

そして、胸まで水に漬かって待ち望んでいた陸兵に渡した時は、

「よかった、よかった」

「これで無事、責任が果たせた」

緊張が一度に解け、全員が小発の船底に「へたり込む」

思いであった。

——ハプニングは、このあとに起こっている。

垂れたロープの端が小発のスクリューに巻き込まれたのだった。

動けない。あせるが、ロープはほどけない。

「黒潮」との打ち合わせ時間が刻々と過ぎていく。

それでも身動きできない。

ついに吉田は決意した。発光信号が闇を貫いて走っている。

「帰艦不能なり。『黒潮』は出航されたし。航海の無事を祈る」

以来、吉田らは「ガ島飢餓生活」の仲間入りをしたのだった。


そのガ島には、吉田たちの所属する船舶工兵第二連隊の一隊がいた。第三中隊、寺田定陸軍少尉＝写真＝は、潜水艦による輸送物資の揚陸、沿岸輸送の任務を帯びていた。

この潜水艦を使っての輸送作戦は「モグラ輸送」とも呼ばれていた。月夜、潜水艦が浮上して来る。揚陸した物資を、今度は闇夜を選び、沿岸伝いに大発（大型発動機艇）で味方陣地まで運ぶのである。もちろん、敵の目を逃れるための方策であった。

あらかじめ知らされていた潜水艦の入港日になると、寺田らが駐屯している島の西端・カミンボ海岸は「各隊の作業員」が集まり、にぎやかになるのが常だった。

海岸に三脚付きの望遠鏡を据え付け、いまか、いまか、と、その浮上を待つ。月夜である。発見すると、待機していた大発がだーっと発進していく。

潜水艦によっては、沖合はるかに浮いたり、すぐ間近にいきなり出てきたりする。

「早くから浮上しているのに、いつまで待たせるのかあ！」

甲板士官が怒鳴ることもあった。

寺田定

潜水艦側としても、いつ空襲があるか、いつ魚雷艇の襲撃があるのか、ひやひやなのである。命がけなのである。

大急ぎの作業が終わっても、みなには潜水艦から離れ難い思いがあった。

「なんとなく、内地（日本）の匂いが感じられるんです」

また、艦からの「好意の握り飯」や慰問文の特配も大きな楽しみだった。

「極端な食糧欠乏で病人同様の将兵たちは、感激で目元をうるませていましたなあ」

いつまで待たせるのか、と、怒鳴りはしても、艦側はちゃんと「慰問品」を用意しているのである。表書きに「ガ島陸海軍勇士様へ」とあった。タバコ、缶詰、ブロマイドの数々であった。

しかし、夜明けまで海岸で待機していても、知らされていた艦が、ついに浮上してこないこともあった。

そんなある日、寺田は、どうしたことか、真っ黒い羽根のカゲロウが道いっぱいに群がっているのを見ている。当時のガ島兵たちが、死体に集まる「不吉なムシ」として、だれもが忌み嫌っていたものだった。

立ち止まったまま、寺田は、それを、凝然として見守り続けている。

無人島に生きる

大阪商船の貨物船百合丸（六七八七トン）は、昭和十八年四月、当時の南太平洋における日本軍最大の基地ラバウルに停泊していた。ここで、菅野銀一機関員＝写真＝は、異様な光景を目にしている。

夕暮れ時だった。と、船尾の方角から、時ならぬ「海ゆかば」の吹奏楽が聞こえてくるのだ。よく見ると、五隻の小型船が出てゆくところだった。いずれも、ヤシやバナナの葉などで全船が偽装している。それにしても、この小さな船団が、なぜ、吹奏楽なんぞで見送られるのだろうか。

近くで荷役作業をしていた将兵に訊くと、もはやブーゲンビル方面への武器弾薬、食糧などの補給は、従来の大型輸送船での突破は無理となってきている。だから、このようにカムフラージュした小型船による輸送手段しか残されておらず、しかも夜陰にまぎれての出港となっている、ということだった。

菅野ら百合丸乗組員たちは、「海ゆかば」をあとにして出てゆく船団を「悲壮感を持って」見送っている。無事、目的地に到着するのは「五隻のうち三隻くらい」というのだから、なおさらのことであった。

菅野の話は、すでにガダルカナル戦が終わったあとのことだが、当時、ガ島への補給作戦も同様の状況下にあったことは間違いない。

菅野銀一

そのガ島戦が最終段階にあったころの十七年十二月二十四日、やはり夕暮れを待つようにして、一隻の小型船がブーゲンビル島ブインを出ている。

この時もやはり、軍司令部員全員による見送りが見られている。

「海上トラック」と呼称されていた五百トンクラスの機帆船だった。食糧、弾薬類が満載されていた。

目的地はガ島。敵機の目を避けるため、島伝いの、しかも夜間の航海が予定されていた。

電信第十五連隊派遣隊、川田義明陸軍伍長＝写真＝は、輸送指揮官として船橋にあった。

船側は船長以下十六名、派遣隊は川田はじめ八名。これにガ島にいる先発隊への陸軍の追従兵十二名が便乗していた。合わせて三十六名の運命共同体である。全員が手分けして、対潜

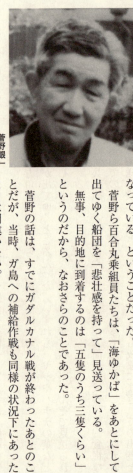

監視と水深監視に当たっている。

　夜間は、飛行機の心配はそれほどないものの、潜水艦の脅威は去っていない。それに、夜の航海はただでさえ危険きわまりないのに、なにせ「島陰航法」なものだから、浅瀬への座礁、乗り上げといった新たな問題も生まれていた。

　第一日目の朝、ベララベラ島西岸に到着。それまで、四回にわたるサンゴ礁への乗り上げがあった。この日は、海岸べりのジャングルが張り出していたところに船を隠して、夜を待った。

　第二日目、前日と同じようにサンゴ礁に妨害されながら、「墨のような海面を手探りで前進」し、ようやくニュージョージア島西端着。島の立ち木を切り倒し、船上を偽装して停船。

川田義明

この日は、船内に交替制の監視兵を残したあと、残りの全員が、陸上で丸一日の休息を取っている。
　夕刻、監視兵から「南方洋上、敵機通過中」との報告があったが、本船が発見されたような様子はなかった。
　第三日目、夕刻に出発。「せめてあの南十字星が、月くらいの光を放ってくれないか」と祈りながら進んでいる。あたり一面が闇の世界なのである。「美しく光る夜光虫は、まるで役に立って」くれない。
　ウィックハム島付近の小島に近接して停船。ここでも、切り倒した島の木で、船自体を「島に似せて」停泊、休息することにした。

だが、この日午後三時頃、全員が監視兵の大声で目を覚ましている。

「敵機発見、二十二機」

船が見つかってしまったのだ。敵機が大挙襲来してきたのだ。

川田は、船長と相談し、「もはや、これまで」と覚悟を決めている。

「見込みなし。離船決意」

「総員退避」

敵機編隊は、確認に手間取ったのか、五分ほど上空を旋回してくれたのが「大助かり」であった。川田らの暗号書、航海日誌など重要書類などの運び出し、そして、海中に飛び込む時間を与えてくれた。

あとは、どうにでもやってくれ、であった。
十五、六発の爆弾が一斉に投下された。さらにもう一旋回したあとの一発が、船体を粉々にして飛散させてしまっている。
敵機の群れはなおも、海上を漂う川田ら目がけての機銃掃射を繰り返している。

せっかくの軍司令部の期待も空しく、そしてガ島将兵の祈りも届かず、ガ島補給船の一隻がまた、こうして南の海に消えていったのだった。

本篇には直接関係はないが、その後の川田らの漂流談は切ない。

幸い、敵機による機銃掃射の被害はなかった。しかし、漂着した小島は、満潮になると、海中に没するという始末に負えない島だった。

立ち木を切り、筏《いかだ》を作った。船から持ち出した若干の荷物を載せ、全員が泳ぎながら押して、二キロ先に見える島にたどり着いている。

以来、彼ら三十六名はこの孤島で、三ヵ月にも及ぶ「ロビンソン・クルーソーの生活」を強いられたのだった。

その間、彼らが命がけで救援に駆けつけようとしたガ島戦は終わり、戦線はアサッテの方へ移動していた。ほんの偶然で味方の大発に発見されなかったならば、いずれ「行方不明」として処理され、「遺骨のない戦死者」とされていたところだったのだ。

無人島生活での川田らの「命の綱」は、撃沈された本船から流れてきたコメやみそ、イワシの缶詰が、若干ではあったが、収集できたことだった。それに、海岸近くでも、野草がふんだんに採取でき、さらに大トカゲ、毒ヘビの類がいたことだった。

「食べられるものは、なんでも食ったですよ。そりゃあ」

驚いたことに、海の魚は人間を知らなかった。毎朝、「浅瀬にエサを求めて三十センチくらい」の魚が群れをなして集まってくる。それを素手で取ることができた。

夜は夜で、昼間は見かけることのない拳《こぶし》大のカニが「何千何万となく」出てくるのだ。

「そのざわめきは不気味」なほどだった。もちろん、これも食べている。

水には、ちょっと苦労している。

「不思議に思ったのは、海水と汗で黄色く変色した衣類を小川で洗うと、真っ白になった」ことだ。アルカリ性の強い水だろうか。そこで、飲料水は、藤ヅルの元を切り、したたり落ちる水滴を飯盒に溜めて利用するしかなかった。

火は「原始人のように」して、枯れ木と枯れ木をこすり合わせて作っている。

食糧収集班は遠出して野生の牛一頭を射殺してきた。探検隊は、連日、現地人の残したカヌーでもないものかと、探し歩いていたのだが、さすがにこれはムダ骨に終わった。

年もとっくに明けた三月半ばごろだったか、岬に立っていた監視兵が転がるようにして戻ってきた。

「船のエンジン音が聞こえる」

全員が銃と弾薬を摑んで岬に走っている。

敵ならばここで一合戦なのだが、耳をすますと、聞き慣れた味方大発のエンジン音。全員が歓喜の声を上げている。

それっ、と、枯れ木を集めての威勢のいい「ノロシ」が上がっている。

大発は、付近海域に墜落した味方飛行艇の捜索にやってきたのだった。

川田らが、それでも全員そろって、元の基地・ブインに帰着したのは、出港以来、ちょうど三ヵ月後のことだった。

余談になるが、そのころのブインは、敵の集中攻撃の的となっていた。このため、久し振りに戻った川田らは、頻繁にやってくる敵機の爆音、爆弾の爆発音、そしてばたばたと死んでゆく者に、耳を覆い目を見張り、「これこそ阿修羅の現場か」と思っている。

なぜなら、彼らはこの三ヵ月というもの、そんなものとは一切無縁の「静かな無人島」にいたからだった。

極限を超えた最前線

「上を向いて歩こう」という歌が流行《はや》ったことがあった。

ラジオでこの歌を聞いて、「きっと、ガダルカナルの戦友が作ったウタに違いない」と思った元将兵がいる。

独立迫撃砲第三大隊、山口喜蔵陸軍一等兵＝写真＝は、反射的にそう思っている。

「だって、そうとしか思えないじゃないか」

——山口らの大隊は潜水艦により、急遽《きゆうきよ》ガ島に派遣されている。

昭和十七年十月二十四日から、翌二十五日にかけての、日本軍による総攻撃が始まる直前のことだった。

山口によれば、上陸地は知らされていなかった。上陸して初めて地名を聞いて「あまり好きな名前ではないな」と思っている。一度で覚えた戦友も少なかった。

そして、初めての命令が、

「各班、品物が紛失するから気をつけよ」

そんな内容だったから、

「ヘンな島に来たもんだ」

と、ぼやいている。

やはり、盗難は頻々として発生した。

山口の隊のような上陸したての隊が、いちばん狙われやすいようだった。

先に上陸し、数次にわたる苛烈な戦闘を戦い抜き、すべてを失った将兵の仕業ということが、やがて知れ渡った。

本書の第二章で「設営隊」隊員の窮乏ぶりに触れたが、その後、将兵たちもまた、同様の状況に置かれてしまったのだった。

山口は、用便の時でさえ、すべての荷物を押さえながら、うんこらしょと、ふんばっている。なにせ、手を放していようものなら、「さぁーと、カッさらって持っていかれっちまう」のである。しかし、その山口も、総攻撃が失敗に終わり、敗残の身になってからは、「右同文」といった状態になってしまっている。

そして、

「腹が減って減って、だるいなんて、いっておられない」

「われわれ兵隊も下士官もみんな下を向いて歩き、真っ直ぐ前を見て歩く者は誰もいない。

何か食べ物はないか、草でもなんでもいいと思うからである」（山口『ガダルカナル戦記』）

だから、山口は、冒頭の「上を向いて歩こう」という歌が、ガ島戦とはまったく無縁のものだと聞いて、撫然としている。

「簡単にさ、そんなウタぁ、作ってくれるなよなあ」と、いまでもぶつぶつ言うのだ。

「どうやらおれたちは人間の限界まで来たらしい。生き残ったものは全員顔が土色で、頭の毛は赤子のウブ毛のように薄くぼやぼやになってきた。黒髪がウブ毛に、いつ変わったのだろう。体内にはもうウブ毛しか生える力が、養分がなくなったらしい」（防衛庁資料）

「草の芽、木の芽、木の皮、木の葉は、手のとどくかぎり、口に入るものはまったくなくなっている。小隊の兵員も半分になってしまった。みな餓死である」「死んだら骨を頼むぞと、軍歌演習で歌ったが、おれが死んだら食べてくれとは、なんと情けない話だ」

（元陸軍兵『手記』）

山口喜蔵

そんな、ぎりぎりの、いやそれ以上の極限を超えた状況の中で――、

「元陸軍兵」は米兵の肉を食べている。

「おれが死んだら食べてくれ。ウジムシに食われるよりマシだ」と、全員で固く誓い合っていた」

そんなある時、米兵三名を射殺したという報告が入った。

中隊長の軍刀を借り受け、天幕を持って、敵死体位置に駆け寄っている。

生きている脚は切りやすいが、死んで倒れている脚は切りにくかった。

「ニワトリと同じ」で、黄色い脂肪が巻いて、刃先をにぶらせるのだ。

「苦労の末」に、一人分の両脚を切り落とした。

天幕を広げて、その脚を包んで持ち帰った。

ほかの隊にも「お裾分け」して食べた。

水炊《た》きで、ゆがくだけ。調味料はなかった。


別の「元陸軍兵」も、米兵の肉を食べた。

「人間だれしも、長く食糧皆無が続くと、餓死するか、野獣になり下がるのだ」

——生き残りで、クジをつくった。

三名の死体を、「苦労しつつ」、二時間がかりで壕に運び入れた。

あとの始末は、別のクジに当たった戦友が「手際よく処理」した。

米兵の軍服と骨は、米兵がよくやってくる「土人道」に持って行き、

「攻撃して来れば、こうなるぞ」

と、ばらまいた。

ガ島の村のたたずまい（平成四年九月撮影）

わたし（筆者）には、こんな古い記憶がある――。

故郷の九州・佐賀平野は米作地帯で名がある。いたるところに灌漑《かんがい》用の濠――クリークがめぐらされている。

小学生のころ、このクリークには、ウナギ、ナマズ、雷魚《ライギョ》などがたくさん生息していた。夕刻、ドジョウやカエルをエサにつけた針を仕掛けて置く。翌朝、「胸をはずませながら」早起きして針を見に行くと、こうした魚がかかっていることがよくあった。

この仕掛けのことを「天竺《てんちく》針」といった。

エサにするドジョウは、右から左にすぐ手に入るというわけではなかったから、ある時に、高さ一メートルくらいの細型のカメに入れて飼ったことがあった。

ときどき、めし粒やミミズなどを与えていたのだが、そのうち、忘れてしまった。

それを、あっ、と思い出して、のぞいてみたら、ちょうど一匹のドジョウが息をつくため、尾をくにゃくにゃしながら水面に出てきたところだった。

ぎょっとした。

まるで一本の黒い糸だった。あの丸っこいはずのドジョウが、そんなふうにまでやせ細っていたのである。

すぐ裏のクリークに、すっかり濁った水もろとも流してやった。

その時、もう一回びっくりした。

たしか、五十匹は飼っていたはずなのに、わずか、ほんの数匹しか生き残っていなかったことである。死骸もなかったのだ。

ドジョウたちに対して、済みません、悪かったな、という気持ちでいっぱいだった。当時は九州弁だったから、済みまっしぇん、悪かったバイ、と、いうことになろうが、このことは、だれにも話さなかった。

今回「人肉食」のハナシを取材しながら、なぜか、そんな遠い昔のことを思い出していた。たぶん、頭の中がひっかき回されてしまい、古い記憶が意識の水面上に出てきたのであろう。

第六章

矢野大隊がゆく

決死隊とは知らず

昭和十八年一月十一日、第三十八師団混成第三連隊、大石秀次郎陸軍一等兵＝写真＝は、隣の天幕のにぎやかさに、いささか腹を立てている。

夕刻から会食が始まっていた。それがいまや、すっかり行き脚がついて、飲めや歌えやの騒ぎなのだ。かなり酔っているらしい。歓声を上げる。軍歌をがなる。

なぜか今回、あわただしく編成された矢野大隊長指揮下の矢野大隊の兵たちだ。しかし、どういう理由があるのかは知らんが、あっちにビールつきのご馳走があって、こっちは「いつものボソボソ飯」とは、いったいどういうことなのか。

「不公平ではないか」

連日、炎天下でのドラム缶運びだった。これに食糧を詰めてガダルカナル戦線に届けるというから、がんばっているのだ。それなのに、この矢野大隊の連中ときたら――。飢えに苦しんでいるというガ島の戦友のことをどう思っているのか。

翌朝、大石は愕然としている。

その矢野大隊が「地獄のガ島」に向け、出発するというのだ。

それも、噂によれば、生きては帰れぬ「決死隊」というではないか。
さては、昨日の宴会は「別れの盃」であったのか。
のちに大石は、この矢野大隊に編成された同年兵のうち、その半数以上が帰らなかったことを知り、粛然と頭《こうべ》を垂れている。

矢野大隊は、当時ラバウルにいた第三十八師団（基幹本隊は在ガ島）の残留各部隊から抽出された現地臨時編成の部隊だった。

総員七百五十名。小銃隊三個中隊、機関銃隊一個中隊（機関銃六梃）、山砲一個中隊（山砲三門）。これに無線一個小隊、有線一個小隊を基幹とする百五十名がついた。

臨時編成の部隊とあってか、その素質は決してほめられたものではなかった。
「年齢三十歳前後の未教育補充兵」で、しかも「実弾射撃の経験がなく」、訓練不十分もいいところだった。（防衛庁資料）

しかし、この部隊の将兵たちが、やがて展開されたガ島最後の戦いで、「予想を裏切って（？）敢闘」することになるのである。

そのころ、大本営は、密《ひそ》かにガ島からの日本軍総撤収を決定していた。
前章でも述べたように、在ガ島の将兵たちには、もはや「全員斬り込み玉砕」か「全員餓死」の運命しか残されていなかった。玉砕戦は、言葉こそ威勢はいいが、その実、さほどの効果は期待できないうえ、国民に与える衝撃度が大き過ぎる。

こうして「万難を排して」の撤収作戦が強行されることになった。

米軍への投降は考えられもしなかった。

「生きて虜囚《りょしゅう》の辱《はずかし》めを受けず」——これが、当時の日本軍の軍規であった。

だが、撤収戦ほど難しいものはない。

米軍に悟られると、猛烈な急追撃は必至である。いったん浮き足立った味方戦線は、ひとたまりもなく総崩れになってしまうだろう。ただでさえ「餓死者続出」という戦線なのである。その惨めさは目に見えている。

大石秀次郎

矢野大隊の任務は、ガ島戦線の殿《しんがり》部隊として、その撤収作戦を最終段階まで援護することにあった。大本営は、この大隊を犠牲にして、在ガ島の全軍を収容する方針であった。

コトは重大機密に属した。

矢野大隊の将兵に、撤収作戦を感知されてはならぬ。

もし「決死隊」と知れば、士気は低下してしまうであろう。年齢が高く、世帯持ちの補充兵も多いのである。

このため、大隊長・矢野桂二少佐に対してさえも、撤収作戦のことはまったく知らされておらず、またガ島上陸後の行動に関しても、「なんら明示してなく、ただ、部隊の任務は重大である旨《むね》強調」されていただけだった。

出発直前、これら矢野大隊への軍装検査が行なわれている。

立ち会った高級参謀の一人は、のちにしみじみと述べている。

「全般の企画は何も知らぬ彼等、これを一人残らず殺すのだと思って見たときは、感極まるの外なかった」（防衛庁資料）

歩兵第二百三十連隊第九中隊の松本寅治陸軍准尉＝写真・曹長時代＝は、すっかり戸惑っていた。なにせ、出される命令の一つひとつが、いつもと違う。尋常でないのである。

「不要な物は一切持つな」

「防毒面は置いておけ」

携行弾薬は二百四十発。携帯口糧（乾パン、缶詰等）は十日分。手榴弾は二発。それに各自それぞれ破甲爆雷（対戦車戦用）を所持せよ。

また、預かった部下の面々ときたら、年齢三十歳から三十三歳の「兵としては年配の補充兵」で、しかも三ヵ月の基礎教育をやっと終えた二等兵ばかりなのだ。「心細い限り」であった。

それでいて、方面軍参謀長が、実に勇ましいことを訓示する。

「諸君の一挙手一投足を全軍が見ている」

「ガ島の第一線を確保せよ。その間に、いま待機中の強力師団が敵の後方に上陸し、一挙に撃滅するであろう」

やれやれ、と思っていたところへ、ラバウルを出発する時が、またスゴかった。

一月十二日午後、大隊は五隻の駆逐艦に分乗したのだが、その桟橋に、第八方面軍司令官今村均中将はじめ、金モールをつけた陸海軍の高官が「キラ星のごとく」並んでの見送りなのである。

「十一年半の軍隊生活で、こんな華やかな見送りを受けたのは、このときだけでした」

松本とて〝古ダヌキ〟だ。

「これは、なにかあるな」とは思っている。しかし、まさか「決死隊」とは――。

駆逐艦に乗っても、ヘンだった。

松本寅治

夕食の料理を目の前にして、たまげている。

赤飯、吸い物、それに「四、五品」のおかず。キントンの口取りまでついている。仕上げは、お茶にヨウカンときた。

夜は夜とて、夜食も出る。

「太らせておいて、ぎゅっと締められるのではないか」

あまりの待遇に、松本は、かえって「嫌な気」になり、勘ぐってもいる。

――明日は、いよいよガ島という時、松本は艦内の「後部士官室へ」と、案内されている。

艦乗り組みの兵曹長三人が待っていた。お互いに准士官同士だが、初顔ばかりだ。

そのいかつい連中が、破顔一笑、

「重大任務とか、ご苦労さまです」

「壮図を祝して心ばかりの……」

なんて、殊勝なことを言い出すものだから、松本は、ふらーっとしている。

ビールのセンが景気よく抜かれ、夕刻に釣り上げたばかりという魚の刺身が出た。

「この艦で出来るかぎりのご馳走」であった。

松本は泣いている。

帰りに、ひょいと、兵員室をのぞくと――、ここでも、水兵たちが「手に入るかぎりの食べ物」を持ち寄り、陸兵たちと談笑を交わしている図が見られたのだった。

肉攻班前へ

五隻の駆逐艦に分乗した矢野大隊七百五十名が、ガダルカナル島西北端のエスペランス岬に無事上陸したのは、昭和十八年一月十四日午後十時すぎのことだった。

途中、敵機や魚雷艇の襲来を警戒したが、長く続いたスコールが幸いしている。沖合に停泊した駆逐艦から、折り畳み舟艇に移乗し、櫂を漕いだ。

海上は真っ暗闇だったが、ここでもスコールに伴う稲光によって、海岸線の白い波打ち際を見定められている。

明けて、一月十五日。

一同は、ぎょっとして立ち止まっている。

前項に登場した松本寅治陸軍准尉によれば、

——近づいて来る人影がある。

その人影は、両手に杖をついて、もの憂げに歩いてくる。その姿を見て驚いた。頭髪もヒゲも伸び放題。栄養失調のため、全身がむくみを帯びて青ざめている。着の身着のままのシャツは泥で真っ黒、左右の破れ端を引き合わせて結んでいる。ズボンの汚れはさらにひどく、破れるにまかせて、ワカメを吊るしたようだ。泥まみれの靴は、縫い目が破れて、足指がのぞいている。

背中には背負い袋、これに飯盒と抜き身だけの赤くサビた帯剣をゆわえつけている。

「まるで、仏画に見る幽鬼そのものである。内地の乞食でも、もう少しましな格好をしている。これが、苦戦を続けたガ島・皇軍の姿であった」

——「三人の兵は、こもごも語り始めた。

『自分たちは、食糧運搬のため第一線から来ました』

『なにぃ、その体で、食糧運搬？』

『はい、これでも自分たちは、第一線では比較的元気な方であります。第一線では、栄養失調とマラリアにかかり、あるいは、赤痢、腸チフスにかかり、タレ流しで歩けない者が大勢おります。

それでも散兵壕の中でがんばっていて、敵が来れば、這い出して防いでおります』

『毎日、幾人か死んでいきますが、埋葬することができません』

『この体力では、わずかな食糧しか持てません。自分たちの往復の食糧を引くと、ほんのわずかしか前線に置いてこられませんが、毎日、こうして運んでおります』

『運ぶ途中で動けなくなって死ぬ者、機銃掃射や爆撃、あるいは砲撃を受けて死ぬ者がたくさんいます。前線までの道端に数限りなく死んでいますが、埋葬できる人がいませんから、みな、そのままになっています』

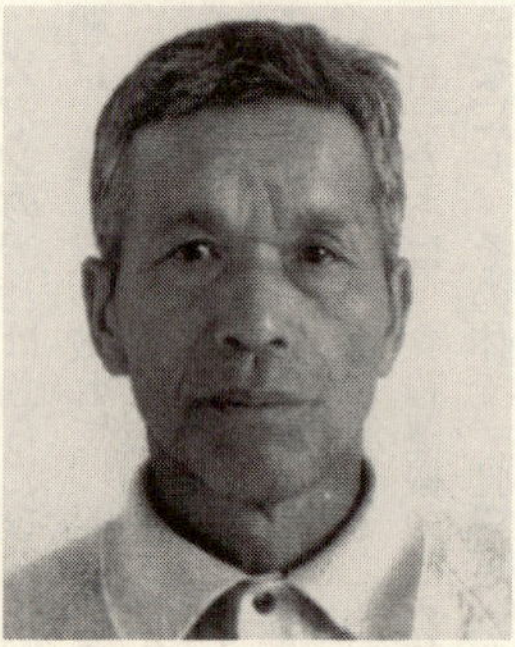
桜井喜平

なるほど、これは容易ならない。
ドえらいところへ来てしまった。
数十日後は、私たちも彼らと同じ姿になることだろう。これでは絶対に生きて帰れないと、覚悟を決めた」(松本『手記』)

同じ矢野大隊の桜井喜平陸軍伍長＝写真＝によれば、

「進むにつれて、凄惨な戦場の様相が繰り広げられていた。ぼろぼろにヤセ細った幽鬼の如き友軍兵士！　路傍に放置され、眼窩《がんか》のみが空を向いている死臭ふんぷんたる亡骸！　ほとんど白骨化した死体！　負傷して歩けず、弱々しい声で水を求めている戦友。川辺にとくに遺体が多かったのは、水を求めてのことだろう」

「また物量を誇る米軍のヤシ林をなぎ倒したすさまじい砲爆撃の跡等々、まさにこの世の地獄である」

「どろんこ道を同輩の下士官がツエをつき、あえぎながら、百メートルを歩くのに二、三十分もかかって下りて来るのに出会った。あまりの惨めさに『おい、大丈夫か』と声をかけると、彼は肩で息をしながら、エスペランスまで下がるのだという。

私はこのような衰弱し切った体で、目的地まで行けるのだろうかと思ったが、『われわれは増援部隊として到着した。がんばってくれ』と、わずかな食糧を渡して、励ましてやることしか出来なかった」（桜井『手記』）

猪川年光

また、猪川年光陸軍一等兵＝写真＝によれば、

「夕刻、飯盒《はんごう》炊さんのため、谷間に下りたとき、被服はアカと泥で薄黒くなり、ヤセこけて、目ばかりギョロついている兵隊たちと一緒になった」

「残り少なくなったタバコをあげると、『こんなタバコは、もう長い間、吸ったことがない』と、さも大事そうに手にとり、目に涙さへ浮かべて何度も礼をいわれた。私も胸がぐっとこみ上げ、目頭が熱くなった」

「彼等は、真新しい服装をしたわれわれに『どこの部隊か』を尋ね、炊煙を出すのは危ないからと飯盒の炊き方や、敵の攻撃のパターン等を教えてくれ、『がんばってくれ』と励ましてくれた」

「私の心中には、いつの間にか兵隊同士の連帯感がわいてきた。途中の惨状を目の辺りにして、ともすれば意気消沈しそうな気持ちが、この疲労困パイした戦友たちに代わり、がんばるぞ！ と奮《ふる》い立った」

「(しかし) 陸、海、空に圧倒的な物量を誇る米軍の、直径十メートル以上もある艦砲射撃の跡、ヤシ林をなぎ倒した凄まじい砲撃の跡等々、凄惨と言おうか、この世の地獄と言うべきか。まさに筆舌につくし難い惨状である。

おれも、この島から生きて帰れぬかな！ 覚悟した」(猪川『手記』)

一方、矢野大隊を見た在ガ島の将兵たちの目に、この「真新しい服装」姿の部隊は、どう映ったのであろうか——。

「タサファロングとエスペランスの中間地点で、われわれとは違った元気な兵隊に出会ったが、これが、あとで知らされた矢野大隊であった」

「昨日の駆逐艦で上陸したという部隊が来て、われわれの隣で休憩した。兵力は一個小隊にみえた。中尉の方が来て、『何部隊だ』と聞かれた。（中略）タバコと乾パンをくれた」（工兵第三十八連隊史）

「そのうち、どこからともなく、近く転進するらしいとの情報が流れてきた。しかし、動くことがやっとのわれわれは、元気づけのための流言だろうと聞き流していた。だいいち、敵の艦艇や飛行機で取り巻かれたガ島に船が来るなど不可能だからである。

ところが、ある日、駆逐艦から上陸してきたという元気な部隊が、足取りも軽く、密林に分け入ったのを見た。それが、われわれの撤退を援護する部隊であることを聞かされたとき、ようやく転進が本当だったのを悟った。

考えてみると、あの犠牲になった部隊のおかげで、われわれは転進できたのであるが、彼等が一体どうなったのか。その後の話は聞いていないが、あの状況下では、ガ島に踏み止まり、最後まで戦闘を続けたものと思う」（駒宮真七郎『続・船舶砲兵』）

一月十八日午前、最前線に布陣した矢野大隊陣地に、敵迫撃砲の砲弾が降ってきた。「いよいよ敵さんのおもてなしが始まった」のだった。

――全員が銃を握り直している。初陣の将兵たちの顔は「恐怖で真っ青」であった。

おじさん部隊がんばる

迫撃砲の弾丸は、ジャングルの木々を揺るがして降ってきた。

砲弾の破片と木の枝が、もろに頭上に落ちてくる。わずかに掘ったタコツボにへばりついているしか方法がない。

耳をふさぎ、伏せたまま。顔を上げることもできない。

連続しての集中砲撃だ。三十分間は続いたろうか。

驚いたことに、砲撃が終わって見回すと、なんとなくあたりが明るいのである。

ジャングルの木々がさんざんにはたき落とされたためだった。空さえ透けて見えるのだ。

充満した火薬のにおいとともに、けむった硝煙が、ユラユラとのぼってゆく。

砲撃は、二十日、二十一日と続いている。

頭上の大木の枝が、ほとんどなくなってしまっている。

このころになると、砲弾の洗礼を受けた初日と比べ、当初は「緊張と恐怖のため、真っ青」だった猪川年光一等兵たちも、だんだん「落ち着いてきた」からよくしたものだ。

二十二日、この日も朝から激しい砲撃が繰り返されていたが、昼頃になって、急に静かに

今も残る米軍機の残骸（平成四年九月撮影）

なっている。

ベテランの松本准尉が、ここで、はね起きている。

「来るぞ」

「来るぞ、右方向」

果たして、やってきた。

上陸以来、歩兵同士、初の正面衝突である。

米兵たちは、前進しながら、自動小銃を撃っている様子だ。時折、怪しいと見たところへ手榴弾を投げ込んでいるのか、ドカーンと響く音がする。敵は正面に入ってきた。

できるかぎり引きつけてから撃つのだ。

猪川一等兵は、胸がどきどきと「早鐘を打つ」のを聞いている。

「落ち着け」

と、自分自身に言い聞かせている。

やがて、命令一下、機関銃と小銃の一斉射撃が開始された。

ひっくり返る者、銃を放り出して「わめきながら」逃げる者、「あわてふためいた敵兵は、算を乱してジャングルの中に逃げ返って」いる。

猪川にとって、「こんなに派手に、遠慮なく撃ったのは初めてのこと」であった。

一方、桜井喜平伍長もまた、軽機関銃を指揮して「猛烈に反撃」している。

すでに部下の一人を失っていた。「カタキ討ちのつもり」だった。

ひとしきりの戦闘が終わったあと、二人は、「痛快で、これまでのうっぷんを、いちどに晴らした思い」にひたっている。

分捕り品は、自動小銃一梃と弾薬三十発、それにチョコレートなどであった。

二十三日、遅れて到着した山砲が、味方陣地の後方から、砲撃を始めている。

ところが、これは、マズかった。六発を数えた時、がぜん、米軍の反撃が始まっている。

「六発のおツリに、何百発なんですな」

松本准尉は、米軍の桁違いの物量作戦に、目を見張っている。

頼みの山砲は、手もなく破壊されてしまっている。

二十四日、前日にも況《ま》しての集中砲撃のあと、例によって、米兵は自動小銃の腰だめ射撃で前進してきた。やはり、引きつけられるだけ引きつけ、こんどは一斉射撃とともに手榴弾戦を挑み、見事、撃退している。

二十五日、新しい陣地に移動した。

ここで、松本准尉は、はてな、と、考え込んでいる。

戦闘が始まってから、これで、当初のコカンボナから、次いでポハ川、そして今度はママラ川左岸と、三度目の陣地転換なのである。じりじりと下がって行く格好なのだ。

「これは変だ。まだ支え切れないわけではないのに、また後退か」

――矢野大隊は、ここで、身をもって、撤収作戦なるものに気づいたのだった。

二十六日、大雨。大隊の兵力は、すでに三分の二に減っていた。

持たされた「携帯口糧十日分」は、食い延ばしていたものの、ほとんど尽きていた。連日の戦闘、睡眠不足、酷暑。それに、この雨で「フンドシまで濡れた兵隊」の間から、下痢患者、マラリア患者が出始めている。

このころから、後方に残された第二師団、第三十八師団らの将兵たちが、敵陣をかいくぐり、よろばいながら、身ひとつで転がり込んでくるのを収容している。

二十七日。再び後退。

敵の追撃は激しく、海上からの艦砲射撃も加わっている。

二十八日、タサファロングに布陣。

あの強行輸送作戦で乗り上げた味方輸送船の船体が早くも赤茶色にサビ始めている。九州丸か、宏川丸か。

二十九日、三十日。相変わらず敵の砲撃は続く。

三十一日。大隊の兵力は、編成時の七百五十名が「戦闘に耐える者三百五十名」までになっている。

この日、米軍は、いつものパターンを変えて、戦車を先頭にしてやって来ている。

「肉攻班、出よ」

ラバウルから持ってきた爆雷を抱えて、戦車に突っ込むのである。

凄惨な戦いとなっている。そして、迫り来る敵への一斉射撃――。

二月一日、第一次撤収。

駆逐艦九隻に収容された将兵たちが「恨みのガ島」から離れていっている。

矢野大隊は、これを知らない。セギロウ川付近で戦っている。

「これまで、敵は何百トンの鉄塊を撃ち込んだろう。わずか数百名のわれら後衛部隊に対して」(松本)。もはや矢野大隊は、上陸した時に見た「ボロボロの兵隊同様になり下がっていた」(猪川)。松本らは、身体のあちこちに負傷している。マラリアにも侵されている。

四日、第二次撤収。

だが、矢野大隊は、この撤収も知らされていない。

実は、この日になっても、総後衛部隊の最高指揮官は、矢野大隊の一部を「残置させる」方針だった。

「見捨てる」つもりだった。その一部の隊が戦線を支えている間に、残りの在ガ島兵のすべ

ガ島に乗し上げた輸送船（雑誌「丸」提供）

てを撤収させるつもりだったのだ。

これに対して、矢野桂二大隊長は、「（一部の兵を残すくらいなら）大隊全員一丸となって（中略）玉砕する腹を決め」、決然として第一線に戻っている。（防衛庁資料）

危うし矢野大隊――。

これには、最高指揮官も折れた。午後、命令を変更している。

変更の理由について、のち、次のように記述している。

「その精兵なるに鑑《かんが》み、残置するに忍びず」（同）

矢野大隊の将兵たちは、そのがんばりで、自らを救ったことになる。

七日夜、矢野大隊は、兵器、装具を地中に埋め、帯剣ひとつという格好で、迎えに来た最後の駆逐艦に収容されている。

在島二十五日、当初の兵力七百五十名から三百名までに減っていた。

松本らは、駆逐艦上で、乗組員による心尽くしの「紅

ショウガつき、赤子の頭ほどもあるニギリ飯」にかぶりつき、

「ああ、助かったのだな」

松本も、猪川も、桜井も、そのことを、しみじみと実感している。

「タサファロングに到達したのは二月一日であった。しかし、この間、タサファロングで頑強な抵抗にあったほか、日本軍の主力には遭遇しなかった。日本軍は二十二日夜から撤退のため、後方に戦線を収縮しつつあったのであるが、われわれはついにこれに気づかなかった。タサファロングで頑強な抵抗をした部隊は、撤退を援護するために特に増派されたものであった」（米第一海兵師団戦闘記録）

「じつに心細い」「訓練不十分の補充兵」「年寄り部隊」と言われながら、矢野大隊の将兵たちは期待以上の働きを見せ、多くの戦友を救った。

オジサンたちは、がんばったのだ。

第七章　撤収作戦発動の陰の主役として

バイシー島上陸作戦

決死隊とされた矢野大隊が、ガダルカナル島将兵撤収援護のため、同島最前線を懸命に支えていたころ——。

昭和十八年一月二十八日夜、ガ島間近にあるラッセル諸島バイシー島に敵前上陸作戦を敢行し、無血占領に成功した部隊があった。

バイシー島は、ガ島東方、海峡の向かい側わずか五十キロほどのところにある小島である。

このバイシー島に対する上陸作戦が企画されて、五日後には、ガ島からの撤収が始まっている。そうした敗色濃厚のガ島戦のさなか、しかも最終局面において、なぜこのような、一見ムダな上陸作戦が同島間近で実施されたのであろうか。

実は、この上陸作戦は、撤収援護のため最後までガ島にとどまっていた矢野大隊将兵らの運命とも密接に関係していたのである。

近衛師団歩兵第一連隊、立岩新策陸軍大尉（写真は少佐時代、原田三郎氏提供）は、この「奇妙なる作戦」の中心人物となっている。

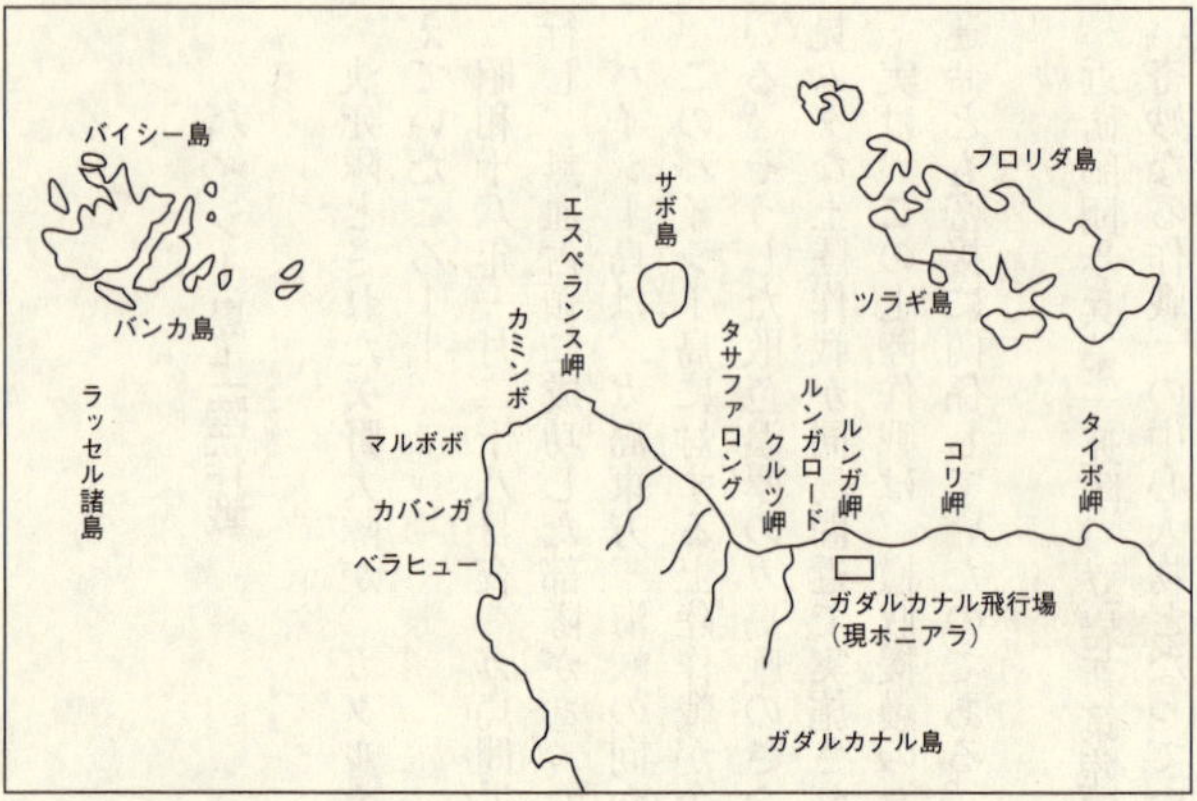

立岩は、わざわざ、東京から呼び出されている。

「とにかく、ラバウルにゆけ」

あわただしい命令だった。

それでいて飛行機便を出してくれたかというと、航空母艦、駆逐艦を乗り継ぎ、トラック島経由で着任している。

立岩の出身部隊は仙台編成の第二師団だった。いま、その第二師団の主力はガ島で苦戦中であり、留守部隊がラバウルにいた。受けた命令は、このラバウルにおける「師団付を命ず」というものだった。

久し振りの東北弁が懐かしかった。

ここで、命ぜられるまま、新しく「立岩支隊」を編成している。

第二師団歩兵第四連隊から一個中隊、それに独立機関銃中隊、独立機関砲中隊、独立無線隊、海軍横須賀第七陸戦隊舟艇隊といった顔ぶれだった。

総員約三百三十名。陸海軍混成部隊である。ただし、それぞれ専門の分野（兵科）がはっきりしているのが特徴だった。

しかし、どういう目的で編成された部隊なのか、どの方面の作戦に参加するのか。例によってまったくの「機密」扱いであった。

それにしても東京の連隊にいた立岩に、なぜ声がかかったのであろうか。

近衛師団歩兵第一連隊の中で、立岩と最も近い距離にあった同連隊、原田三郎陸軍曹長＝写真＝は、次のような見方をしている。

「立岩大尉は、中国大陸南部における（飢餓に悩まされた）南寧作戦のさい、中隊を指揮し、敵戦車を分捕るといった大胆な面があった。速射砲から拳銃まで、銃器類はなんでも扱った。飛行機の操縦さえ出来た。半面、絵も描くし、話もうまいという人物だった。

ラバウルの第二師団参謀は、新しい作戦の企画を任せられた際、この南寧作戦で大活躍を見せた『万能選手』のことを思い出したのではなかろうか」

立岩新策

ちなみに、前章で出てきた「ガ島の殿部隊《しんがり》」である矢野大隊の指揮官、矢野桂二大尉もまた、南寧作戦に従軍している。しかも、この時も最後衛隊を指揮していた。

奇《く》しき因縁というべきか。それとも、ラバウルの軍司令部参謀の中に、この南寧作戦当時の二人のことを記憶していた者がいたためであったろうか。

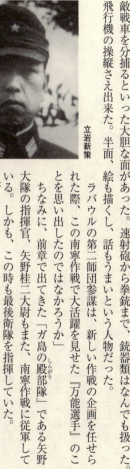

さて、「奇妙なる」上陸作戦のことだ——。

一月二十五日、軍司令部から、ここで初めて「重大任務」が明示されている。

「立岩支隊は、ガ島付近のバイシー島に敵前上陸を敢行し、『転進』作戦（ガ島撤収作戦）を容易ならしめるべし」

その目的は、

「万一、駆逐艦によるガ島撤収ができなかった場合は、（残存兵は）大発機動によって同島まで引き揚げ、その後、駆逐艦で収容するためであった。

原田三郎

同時に、わが撤収作戦の企画を秘匿するとともに、撤収準備期間に敵が先手を打ってラッセル諸島に進出することを警戒し、対抗措置をとる意味もあった」（防衛庁資料）

ここに出てくる「わが撤収作戦の企画の秘匿」とあるのは、要するに、新しい奇襲上陸作戦を展開することにより、まだまだ日本軍はガ島奪取をあきらめていない。増援作戦を考えていると、敵側に思わせるためだった。

以下、立岩の『太平洋一人旅』によれば——。

翌二十六日早朝、立岩支隊は駆逐艦三隻に分乗し、ラバウルを出撃している。

警戒隊として、さらに三隻の駆逐艦が同行した。

途中、ブーゲンビル島ショートランドに寄港、ここで最後の訓練を済ませている。

二十八日夜十時、バイシー島沖合、到着。

島の状況は不明だった。このため、敵の存在を想定しての作戦が企画され、夜間の上陸作戦となっていた。

海面は穏やかだった。

幸いにも闇夜であった。

駆逐艦から三十隻の大発、小発艇が下ろされた。艦舷側に鈴なりになった水兵たちの激励の言葉を受け、「海上散兵線」の型をつくった。そして、同北西端の上陸地点目指し、一斉に航進を開始している。ここまでは手はず通りだった。

ところが、そこへ、彼方のイサベル島上空から月が出てきたから、指揮官・立岩は「ぎょっ」としている。

しかも、満月なのだ。これでは、バイシー島に敵がいるとすれば、舟艇群は丸見えではないか。

立岩は「思わず、成田本山の数珠を握りしめて」いる。

すると、その月のあとを追うようにして、入道雲が現われてきたからおかしなものだ。入道雲は、月の昇る速度に合わせて上へ伸びていく。そして、その雲の影が、「われわれを守るように、わが支隊の行動部分だけを暗くしている」のだった。

逆に、満月のおかげで上陸地点がよく見えるのだ。

「なんたる天佑であろうか」

艇上の立岩は、その入道雲に向かって「合掌」している。

舟艇は五百メートル手前でエンジンを止めた。ここから、手漕ぎで前進するのである。

――ふたたび、やっかいな出来事が発生した。

上陸地点の目前、五十メートルくらいまで達したところで、サンゴ礁にはばまれ、立ち往生してしまったことだ。

途端に、陸から三発の照明弾が高々と打ち上げられた。

「その明るいこと、真昼のごとく」

立岩は、今度こそ、「ぎょっ」としたなんてものではなかった。

命令一下、舟艇をサンゴ礁に乗し上げ、支隊全員が深さ七十センチほどの海中に飛び込んだ。そして、それぞれが銃を振りかざし、「大喚声」を上げながら、陸地に向かっていっている。

どうしたことか、敵陣からは照明弾の三発だけだ。

まだ一発の弾丸も飛んでこない。

ついにX日が来た

上陸作戦指揮官、立岩新策陸軍大尉の手記は続く――、

舟艇をサンゴ礁に乗し上げたあと、一斉に上陸を開始した立岩支隊だったが、覚悟していた敵陣からの射撃がない。一発も飛んでこないのだ。

最初に打ち上げられた照明弾三発こっきりで、オワリなのである。

ひやひやで上陸してみると、若干の敵がいた形跡が確かにあったのだから、「なんで撃たなかったんだろ」。それぞれ、首を傾げている。

陣地があちこちにあり、「スキヤキ鍋があり、レコードプレーヤーがあり、日本の雑誌やヌード写真などが散乱して」いた。武器弾薬もそっくり残っていた。

「全く予期していない地点に、夜陰に乗じての、思いもかけぬ日本軍が三十隻の船舶を（中略）大艦隊襲来と勘違いし、取るものも取りあえず、一目散。ジャングルの奥深く逃げ込んだというのが実体であった」

おかげで、立岩支隊の全員が無事で上陸できたということになる。

午前四時、発バイシー「ワレ上陸ニ成功ス」

これに対して、

「無血上陸敢行を祝す。爾後《じご》の奮闘を祈る」

ラバウルの第十七軍司令部から、無線交信でさっそくの「お祝い電報」が飛び込んで来ている。

しかし、まだ宿題が残っていた。

サンゴ礁に乗し上げたままにしている大発、小発計三十隻を、浜まで持ってくる仕事があった。上空から分からないように、ジャングル内に引っ張り上げる必要もあった。「命の綱」の舟艇である。放置しておけば、かならず敵偵察機に見つかり、破壊されたうえ、上陸部隊の兵力も察知されることになる。

それぞれの舟艇は例の食糧入りのドラム缶を大量に引いていた。(これは、あとで述べることになるが)万一、ガダルカナル島撤収部隊をこの島に収容した場合に備えてのものだった。その回収もあった。

明けて一月二十九日、支隊は一睡もせず、ジャングル内で陣地の構築を急いでいる。ジャングル内に逃げ込んだ敵兵の逆襲も考えられるからだ。急造ながら、宿舎もつくられた。食事は、昼間は簡単なものにし、日没とともに炊飯することにしている。煙が見つかっては大変なのだ。

三十日、敵のロッキード機がやってきた。日本軍上陸の情報を得たのか、続いて盛んにやってくる。そして、「海面すれすれに飛来して、わが方を偵察する」のだ。

その飛来回数の多さは、陣地近くにいた白いオウムたちが、すぐに「クーシュー、クーシュー」と、鳴き出した(?)ことからも分かる。

飛行機がやってくるたびに、歩哨兵が「空襲」「空襲」と伝達するものだから、たちまちモノマネの対象となってしまったのだった。

三十一日、早朝から敵機二機の機銃掃射があった。

前日の偵察行動で、どうも胡散《うさん》臭い、ということになったらしい。夕刻まで「入れ替わり、立ち代わり」のクーシューが続いている。

将兵たちは「わが方の飛行機、その影なし」に、いささかがっかりしている。

二月一日、味方大発艇が四隻、島に漂着してきた。

傷つきながらも、ここまで操船して来た船舶工兵によると、十隻の編成でガ島へ行くところだったが、敵機の攻撃により、うち六隻までがやられてしまったということだった。

夕刻、待ちに待っていた連絡が、ついにラバウルから暗号文で飛び込んできた。

「わが軍は水雷戦隊（駆逐艦隊）の協力をもって、『ガ島』方面・第十七軍（在ガ島将兵）の転進（撤収）を開始せしめんとす」

「X日は……」

息を呑むような数日間が経過している。

ほんの目と鼻の先のガ島では、陸海軍協同による必死の撤収作戦が展開されているはずなのだ。

その間、バイシー島への空襲は相変わらずであった。

四日夕刻、いきなりの連絡が無線で届いている。脱出命令だった。

「立岩支隊は二月七日夜、現在地を脱出し、海上遭遇せよ」

簡単な内容ながら、その日、沖合に味方艦が迎えにくるということらしかった。撤収作戦は見事に成功し、われわれの役目も終わったということなのか――。

五日六日と空襲が続く中、全員で、ジャングル内に引き込んでいた舟艇の点検、修理にかかっている。

いよいよ、七日になった。

日没を待ち、一斉に舟艇を海に浮かべた。

指令により、装備やドラム缶入り食糧の多くも置き去りにしたのが、残念だった。

それにしても、支隊は、「太平洋戦史にも、他に例はないと思う」上陸作戦に成功したのだった。十日間の占領軍だった。欠員が出なかったのが、なによりのことだった。

さて、ふたたび海に出たのだが、またまた困ったことが起きている。

たび重なる銃撃により、木造の船体のあちこちに穴が開いていた。陸上点検で見つけた箇所は、木片を打ち込んではいたのだが、兵員が乗り込むにつれ、海側からの水圧で内側から打ち込んでいた木片が「ストン、ストンと音をたてて」飛び抜けてくるのだ。

あらためて、木片を外側から打ち直している。それでも船体全体が傷《いた》んでいるらしく、なおも浸水がひどいのである。

撤収作戦に従事した駆逐艦（雑誌「丸」提供）

エンジンのかからない艇も出てきた。もたもたしているうちに敵機が来たらどうなる。いつの時間か分からぬが、迎えに来た味方艦がシビレを切らせて帰っちまったら、それこそ、いったいどうなるのか。必要以上に焦りが焦りを呼んで、実に「死にもの狂い」「命がけ」の修理作業となっている。

やっと沖合に出る。

闇夜である。じいーっ、と、海上で待ち続ける。

またまた、さまざまな不安が頭をもたげてきている。

「一時間が一日以上に思われた」

「果たして救われるのか」

待つこと、実に約四時間。と、午後十一時すぎになって、立岩の双眼鏡に「マメ粒ほどの黒点」が現われ始めている。

それがだんだん大きくなったころ、立岩は、「赤色の懐中電灯」でぐるぐると丸を描いている。ひとつのカケでもあった。万が一、相手が敵艦だったら、支隊の全員が「瞬時にして、海のもくずとなる」のである。

すると、相手艦の方からも、赤色灯の点滅で応答があった。

舟艇上の将兵たちが「小躍りして喜んだ」ことはいうまでもない。

「立岩支隊かぁー」という艦上からの声が通り過ぎていき、今度はその声がUターンしてきて、ここに立岩支隊の任務は終わったのだった。


ここで、立岩支隊の任務を整理してみると——、
すでに述べたように、ガ島撤収作戦は、二月一日、四日、七日の三次にわたって実施された。二回目までの撤収は、駆逐艦によって収容されている。

しかし、最後の第三次撤収作戦に当たっては、駆逐艦が使用できるかどうか、「不安定な要素」が出てきた。このため、舟艇による「決死的機動」が検討されることになった。

残存人員なお約二千名。この中には、最後尾で戦い続けているあの矢野大隊の将兵たちも含まれていた。

この時の在ガ島将兵の悲観的な空気について、当時の総後衛部隊長は次のように日誌に書きつけている。

「第一次、第二次は駆逐艦による撤退であったが、わが撤退は舟艇である。もう駆逐艦は来てくれないのだ。実際、考えてみても、この弱り切った役に立たない二千名を救うよりも、駆逐艦一隻の方が大切であるかも知れない。舟艇で出港しても天明と共に皆沈められるだろう」（防衛庁資料）

この舟艇機動は結局は取り止めとなって、実際は駆逐艦が出てくれたのだが、ここでいう舟艇機動とは大発、小発による輸送のことである。

そして、この舟艇による輸送計画とは、舟艇のピストン輸送で撤収将兵たちを、いったんバイシー島まで運び、そのあとで駆逐艦で運ぶというものだった。

立岩支隊の「奇妙なる」バイシー島上陸作戦の遂行は、つまり、この舟艇輸送計画の重要な事前準備のひとつだったのである。支隊が舟艇で引いていった大量の食糧入りドラム缶は、このガ島撤収兵のためのものだったのだ。

歴史には「IF《もしも》」はないといわれるが、もし、この舟艇機動が実施されていたとしたなら、このバイシー島で、立岩支隊・立岩新策大尉と矢野大隊・矢野桂二少佐は、共通の話題である過ぎし日の南寧作戦のことを語り合ったかも知れない。

兵隊たちもまた、兵隊同士で「お互い、撤収作戦の殿役《しんがり》。苦労しますなあ」なんて、気軽に言い合ったかも知れなかった。

日本兵はいないか

話は少し戻って、ガダルカナル島からの撤収作戦が始まる直前のこと。

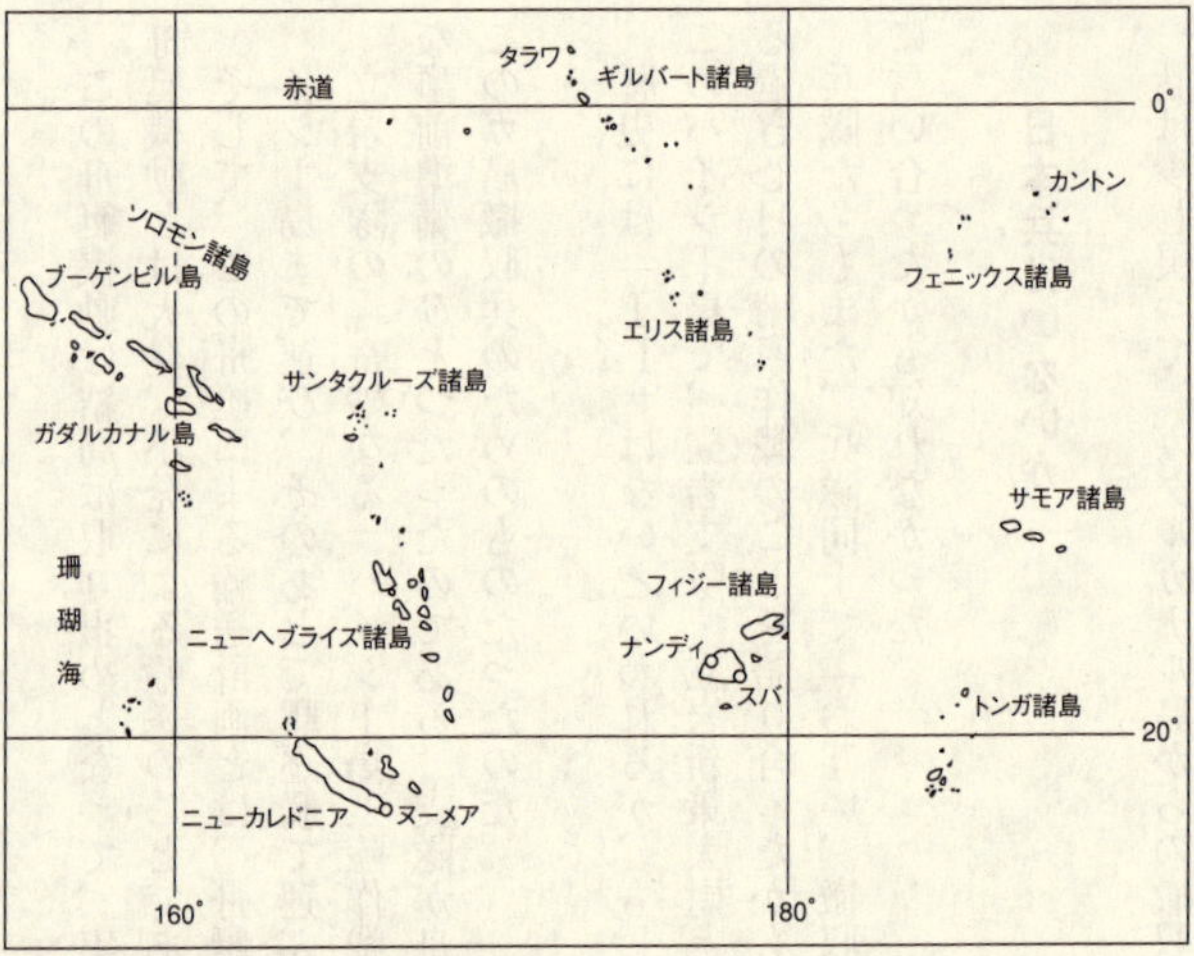

昭和十八年一月二十三日未明、南太平洋にぽつんと浮かぶ孤島・フェニックス諸島カントン島を砲撃した潜水艦があった。

伊八号潜水艦（内野信二艦長）。のちに選抜されて、長駆、欧州ドイツまで足を伸ばすことになる艦である。

当時、カントン島は、ハワイと豪州間の航空連絡中継基地となっていた。したがって同島に対する砲撃は、それなりの意味があったといえる。だが、乗組員たちは、この作戦をガ島奪回作戦の一環として受け止め、単なる孤島砲撃以上の使命感に燃えていた。

以下、『伊号第八潜水艦史』によれば――。

出港地のトラック島で受けた命令は、次のような内容だった。

「奪回作戦において、東方牽制隊としてフェニックス諸島方面に進出し、盛んに電波を発射して、相当の部隊がいるかのような陽動行

朝日新聞
海鷲と潜水艦輝く武勲
ソロモン・フエニックスで大戦果
巡洋艦一隻を轟沈（一隻小破）
挑戰の卅三機を撃墜
潜艦カントン島砲撃
指揮官機壮烈な自爆
十七機中、十六機撃墜
水上機母艦攻撃
國民を飽迄
これこそ日
敵艦隊の

昭和十八年二月五日付の朝日新聞

動をせよ。機を見て、カントン島への反復砲撃を行うべし」

その二十三日のカントン島砲撃は成功した。四十一発の砲弾を停泊中の「水上機母艦らしい」船舶を主目標に撃ち込んでいる。さらに、三十一日にも、四十五発をぶっ放している。いずれの場合も、敵側の反撃は見られていない。

そんな伊八潜艦だったが、その帰途に「ガ島撤収作戦成功せり」との無線を傍受して、あれーっと言っている。「われわれは攻勢作戦とのみ受け取っていたので、この撤収作戦成功の報はまったく意外」であったし、「戦勢の不利を痛感させられた」のだった。

これは余談だが、海軍横浜航空隊八〇二空の隊員たちの持ち歌に、こんなのがあった。

重い爆弾抱え込み
行くはエリスかカントンか
男命の捨てどころ

同隊は、ガ島戦終了後の十八年の三月と四月、ショートランド基地から二式大艇（大型飛行艇）による計四回のカントン空襲をしている。

さて、以上のように、一連のガ島撤収作戦の実施にあたっては、先のバイシー島上陸作戦といい、上記の伊八潜艦による陽動作戦といい、陸海軍協力のもと、実に「周到な準備」が行なわれていたことが分かる。しかも、その「企画の秘匿」が最後まで徹底していたことは、まことに見事なまでの手さばきであった。

もう少し書き加えると――。

伊八潜艦も参加した東方牽制部隊では、カントン島砲撃とほぼ同時期ごろ、重巡「利根《とね》」が、同島西方の南太平洋上で二回にわたって「偽電」を発信している。

また、航空機による偵察、哨戒活動も各所で活発に行なわれる一方、二回にわたって、爆撃機二機による豪州ダーウィンに対する夜間爆撃も実施された。（防衛庁資料）

ラバウルの通信基地では、「偽電作戦チーム」が編成され、米軍の打ち方を真似た偽電を盛んに発信したというハナシもある。

いずれも、ガ島周辺の敵機、敵艦を「あらぬ方向に走らせ」て、少しでもその重圧を軽減させようとの意図があったことはいうまでもない。

一方、在ガ島の将兵たちに対しても、徹底した情報管理が行なわれていたことは、前章

「矢野大隊がゆく」からもうかがえるところだ。前述のように、戦史をひもとくまでもなく、退却作戦ほど難しいものはないのである。

撤収ぎりぎりの段階になっても、将兵たちには「将来における攻勢に応ずるための配備変更」とし、「今夜を期して、沖に来る友軍の船に乗り、敵の後方に上陸してその退路を遮断する」との説明を繰り返している。

そこで、将兵たちはすっかり反撃のための一時撤収と思い込み、そのうちの一人は、撤収地点に集結した友軍の「幽鬼の往来」を見やりながら、

「こんな連中を今夜の艦艇に乗せて、『敵の退路を遮断すべし』というのだから、思いやられる」と、長嘆息しているほどだ。（牛尾節夫『神を見た兵隊』）

「日本軍の撤退は、二月一日夜に始まり、四日と七日の夜に、第二、第三回が実施せられた。いずれも、わが連合軍はなんらこれを察知するところがなかった。撤退した総人数は一万一千七百名の多きに達した。海戦史上、キスカ及びガダルカナルからの日本軍の撤退ほど巧妙なものは、その類がない」（米第一海兵師団戦闘記録）

当時、ブイン基地にいた船舶工兵第二連隊第二中隊、堀江悟郎陸軍少尉＝写真＝は、最後の撤収作戦に参加している。

撤収にあたっては、ガ島の浜から沖合の駆逐艦まで舟艇で往復することになる。舟艇が多

堀江悟郎

いに越したことはない。収容作業が早くさばけて、駆逐艦を危険にさらす時間がそれだけ短縮されることになるからだ。

連日の空襲、艦砲射撃により、ガ島友軍保有の舟艇が不足しているということだった。堀江ら船舶工兵たちは、なんとか、ガ島に大発、小発を持って行こうと腐心している。

ブイン湾内では、駆逐艦による大発艇曳航試験も行なっている。

その結果から、ワイヤーやシートカバーのかけ方、衝撃度調べ、補強材の取りつけなどに工夫している。

小発はともかく、図体の大きい大発は駆逐艦に乗せることができない。艦に引っ張ってもらうしか方法がないのである。

いよいよ、ガ島への最後の出撃――。

駆逐艦「時津風」の艦尾から引かれた無人の大発は、さっそく艦の航跡にもまれ始める。それでも、あえぎあえぎ、「健気《けなげ》にも随《つ》いて」くる。なにせ、駆逐艦は三十ノット以上の高速で突っ走るのだ。波の上に直立して大飛沫を上げるのを、堀江は、艦尾から「はらはらしながら見守って」いる。

二月七日午後九時、収容地点のガ島カミンボ沖着。

駆逐艦に引かれる大発艇

艦搭載の小発を下ろし、大発とともに始動させる。

この時、「時津風」艦長からは、激励の言葉とともに「引導を渡され」ている。

「帰艦収容完了次第、使用舟艇は船底コックを抜いて水没処置されたい」

「一時間以上経ても帰艦なきとき、または敵襲開戦の場合は、貴官等は収容せず出港する」

「大小発は舟艇機動で帰投の段取りに切り替えること」

使用済みの舟艇は捨てるべし。また緊急事態発生の場合は、済まんが単独で帰ってくれ、というものであった。

しかし、駆逐艦「時津風」艦長の懸念は杞憂に終わった。時間は充分にあった。敵の攻撃も散発的なものだった。

——ひとしきりの収容作業が終わったあと、堀江の大発は、もう一度、と浜に取って返している。

星明かりの海上で、エンジン音を響かせた他大発とすれちがう。

将兵を満載している。

「もう、だれもいないぞ」

そんな声が、投げかけられる。

堀江は、なおも「確かめるべきと思い」、艇を進めている。

先ほどまでの大混雑がウソのように静かな浜が広がっていた。

「もう、二度と、ここへ来ることはあるまい」

舟艇員と浜に上がってみる。

見ると、「すこし奥の樹木に、カンテラの標識灯がちらちらと燃え」ている。

堀江は、「なんとなく鬼気迫るものを感じ」ている。

この半年にわたる戦いで、二万余の日本軍将兵が「無念の死」を遂げているのだ。

堀江は、声をかぎりに叫んでいる。

「おーい、日本兵はいないかーっ」

「おーい、日本兵はもういないかーっ」

ヤシの葉ずれと波の音が返ってくるばかりであった。

第八章　その後のガ島兵はどうなったか

水漬くかばね

第三十八師団工兵第三十八連隊、内野要作上等兵＝写真＝のことは、第四章「なぜ玉砕部隊は故郷へ帰ったか」の項でいちど紹介した。平成四年秋、ガダルカナル島「慰霊の旅」に出かけ、かつての激戦地跡に立った際、どうしたことか「異様な疲れを」感じて、しばらくその場を動けなくなった人だ。

内野上等兵は、昭和十八年二月一日から実施された撤収作戦によりかろうじて救出された。第一次撤収でブーゲンビル島エレベンタまで運ばれている。

エレベンタに上陸した時の一行は、隊列を整えての行進はできず、指定された宿舎まで「這うように」して辿りついている。

「撤収のとき艦上に引き上げてくれた水兵、そしてエレベンタ基地の兵隊が、みな、相撲取りのような立派な体格に見えましてねえ」

内野は、病棟に収容されている。天幕があり、干し草の上に毛布を敷いただけだった。

それでも「安心した」のか、張り詰めた気持ちがゆるんだのか、内野の周囲でも、兵たちはばたばたと死んでいっている。「毎日、数十人」といったありさまであった。

こんなこともあった。

三日目の夜明け、右隣で寝ていた兵が、

「ただいま、帰りました！」

突然、元気な声を上げた。

高熱で頭にきたのだろうか。

すると、左隣の兵がつぶやいた。

「ああ、ヤツも、とうとう、わが家に帰って行ったか」

果たして、数分後、声を上げた兵は息を引き取ったのだった。

のちに内野は、フィリピン・マニラの陸軍病院に収容された際、医務室に呼び出されている。

「入院時の体重検査で手違いがあったようだ。もういちど、計り直す」

そこで、改めて体重計に乗っかったのだが、「目方」を見ていた衛生兵が、実に不思議そうな声で報告するのだ。

「軍医殿、やはり間違いありません」

ぐるっとイスを回してきた軍医の言うことがよかった。

「お前、こんな身体でよく軍隊にきたな」

内野は、むかっとして抗弁している。

「これでも、甲種合格。現役兵です」

「え、なにィ。お前は、いままでどこにいたのか」

「ガ島です」

「……」

ここで、軍医の態度が一変している。

「そうか、そうだったのか、苦労したな。こんな身体になって、よく生きて帰ってきた」

そして、もうひとつ、付け加えた。

「長生きは出来ないだろうが、内地（日本）に帰り、ゆっくりと養生しなさい」

長生き云々は余計なことだと思ったが、その場で「内地還送」となったから、内野は、深々と頭を下げている。

まだ、マニラに帰ってくるガ島兵が少なかったころだ。

「ガイコツに皮をかぶせたような身体でしたから、びっくりしたのも無理ありません」

その時、二十二歳の内野の体重は、わずか二十キロそこそこ。内臓が「機能停止している」のか、食べ物も体内を

内野要作

素通りする始末。頭髪も黒い毛はなくなり、「産毛」と変わっていたのだった。

二十日後、台湾行きの病院船が出ることになった。

ここで、またまた、軍医に呼び出されている。

「内野、ほんとにガ島へ行ってきたのか」

そして、小声で注意されている。

「じつはな、ガ島帰りは内地に帰してはならないと、軍からの命令が来た」

「お前の還送はすでに決まったことなので、ガ島には行かなかったことにして帰す。ガ島の話は決してしないでくれ」

軍医の温かい心遣いは分かる。泣き出したいほどだ。

そこでとりあえず、内野は「わかりました」と答えたものの、一瞬「やり場のないような気持ち」に襲われている。

「軍は、敗戦の真実を国民に知られるのを恐れ、生き残りの者すら内地に帰さず、見捨てる方針なのか。亡くなった多くの戦友たち、だれ一人として、不平、不満を口にしたものはなく、これが自分の運命なりと、山野に骨を埋めた。この純粋な前線の将兵と、後方で指揮をとる軍幹部とのあまりにも異なった考え方は、一体、どういうことなのか」（内野『手記』）

内野は、やはり、内地には帰れなかった。

いや、帰らなかったのだ。

経由地の台湾の病院で偶然に出会った旧戦友から、「知っている衛生兵がいる。内地行きを頼んでやる」と親切に言われたのだが、「仲間の多くがガ島で死んでいるのに、わたし一人だけ帰るわけにはいかない」と答えている。

決して格好をつけたわけではなかった。

「あのときの心境は、ほんと、いつわりなく、その通りでした」

そして、所属の第三十八師団留守部隊の駐屯地であるラバウル行きを志願している。そこには留守部隊の戦友がいる。そして、ガ島帰りの面々も戻っているはずなのだ。

台湾から、ふたたびマニラ。そして、パラオ経由でラバウルに向かっている。

ただし、パラオからラバウルまでの道は平坦ではなかった。

輸送船が米潜水艦の雷撃により、「あっという間に沈没」したことだ。四千名の乗船者のうち、助かったのは、わずか「二百名足らず」であった。台湾で内地に帰ろうと誘ってくれた旧戦友も、日本への途中で船を沈められ、戦死している。

海に投げ出された内野は、海上の周囲の様子が「真っ赤に見える」のに、あれっ、と、思っている。頭にキズを負っていて、そこから流れ出る血のせいだった。

七時間の漂流後、駆潜艇により救助された内野らは、この小さな艇でやっとラバウルまで運ばれている。

軍帽はなく、頭に包帯。軍靴はなく、足はハダシ。それに塩をかぶった衣服。それが、出撃以来、約半年ぶりに見る元駐屯地への「凱旋姿」だった。

留守部隊に復帰した際、これもガ島で一緒に戦った小隊長に、小さな声でいわれている。

「内野、なぜ、帰ってきた」

「せめて、お前一人でも、内地に帰してやりたくて入院させたのに」

「……」

ぐっときて、ラバウルに戻ってほんとによかったなあ、と内野は思っている。

——内地の土を踏んだのは、終戦の翌年、四月になってのことだった。

草むすかばね

第三十八師団歩兵第二百二十九連隊の戦友会は〈福々会〉と名づけられている。お分かりのように連隊の数字にちなんだものである。

発足時の会員数は二百八十名となっている。静岡、愛知、岐阜はじめ、全国各地からの元将兵が名を連ねた。本来、中部地方出身の将兵を中心とした連隊だったが、戦場を転戦しているうち、全国各地の将兵が補充兵として次々と編入されたことによる。

以上は、この連隊がたびたび戦闘において多大の損害を出し、かなりの兵員充当を必要としたこと。補充兵であっても、その後のたび重なる苛烈な戦闘をくぐり抜けたという共通体験には鮮烈なものがあり、いまなお将兵たちの「きずな」が強固であることを物語っている。

同連隊第三大隊第二中隊、種村清陸軍上等兵＝写真＝は、この戦友会発足後も、しばらくのあいだ、慰霊祭等の行事開催の連絡を全く受けていない。「戦死」扱いされていたためであった。

――種村もやはりガダルカナルで戦っている。

撤収の際は、十数名の患者兵を引率していたのだが、そのうち、一人、二人、と、隊を離れる兵が出てきた。自力の限界を知った者たちが、もはやこれまでと「死に場所」を求めてジャングルの中に消えて行くのである。

引率者には、次のような心得が渡されていた。

「歩行不能の者には自らで身を処置するよう説得せよ」

種村清

「生死の意識なき者は始末するように」

撤収地点のエスペランス岬まで一週間で到達しなければならない。しかし、衰弱のひどい兵の歩みは遅い。「自分が先に倒れるか、相手が先に倒れるかは分からない」。そのような状況の中で、連れ戻すにも限界があった。

道筋を迷いに迷って、やっとエスペランスの浜にたどり着いたときは、とっくに指定の時間を過ぎていた。

浜は静かだった。種村たちを収容してくれる舟艇の姿はすでになかった。

「取り残されたか」

装具を捨てる者が続出している。せっかくここまで来たのにと、「悔し涙とともに命より大切な銃」まで捨てる者も出た。

その時、種村は、海岸に立つ人影を見ている。

第二中隊長、杉浦勇陸軍中尉の姿だった。

直属の上司にあたるこの中隊長は、せっかくの撤収舟艇にも乗らず、種村らの到着を待ってくれていたのだった。

その三日後に行なわれた第二次撤収作戦で、種村らはブーゲンビル島エレベンタまで運ばれている。

第二中隊百五十名のうち、戻れた者七十八名。

しかし、戻れた者とて「すっかりやつれ果て、骨と皮ばかり」であった。

収容された病院の中は「さながら生き地獄のよう」だった。

やっとガ島を脱出できたというのに、ここでも、中隊に多くの病死者が出た。四十名近くが再び立つことはなかった。

このため、残り四十名足らずになった中隊だったが、そこへ「どこから来たか分からない」が、四十名ほどの補充兵が配属されてきたから、定員にはほど遠いものの、総勢約八十名程度の体裁を整えることができている。

――その中隊に対して、出動命令が届いたのは、ガ島を撤収して、わずか二ヵ月後のことだった。再び戦場に向かう中隊は、まだガ島戦の疲れが抜けず、「精鋭部隊にはほど遠い患者ばかり」であった。

「無理は戦場のつねではあるが、こんな状態で前線に出ていかなければならない日本軍の立場をかんがえると、なにか一抹の不安と寂しさを感じずにはいられない気持ちであった」

（種村『生かされて生きる』）

新しい戦場は、ニュージョージア島ムンダであった。

ガ島を確保した米軍は、さらに島伝い作戦により、南太平洋における日本軍最大の基地ラバウルを目指すかの様子がうかがえた。

昨日のガ島に代わる最前線が、明日はニュージョージア島となることは自明だった。ここのムンダ地区には日本軍の飛行場があり、これを奪取すれば、さらに戦況を有利に展開できるのである。このため、日本軍は大至急のうちに、ここの防備を固める必要があった。

「ガ島帰り」をも起用せざるを得なかったのだ。

種村の第二中隊はじめ、第三十八師団歩兵第二百二十九連隊の主力は駆逐艦に分乗、この新戦場に向かっている。

――昭和十八年七月五日、それまで連日のように空襲、艦砲射撃を繰り返していた米軍は、ついに大兵力でもって上陸してきている。

ガ島戦終了から数えて、五ヵ月後のことだった。

ムンダ飛行場をめぐる攻防戦は、すさまじい状況を呈している。

日本軍は、「ジャングルを完全に平地化する砲爆撃にさらされ」ながら、しかも兵力差において「十対一」という劣勢ながら、頑強に抗戦した。飛行場東方陣地にあった第二百二十九連隊は、たび重なる敵の前進を食い止めている。「爆弾跡に溜まった泥水」を飲んで、戦い続けている。

戦史によれば、この第二百二十九連隊を攻めあぐんだ米軍師団長は、二人の連隊長、そして参謀たちを「つぎつぎに解任して、士気を高めようとしたが、効果はなかった」といわれる。その師団長自身もノイローゼ状態となってしまい、間もなく、副師団長と交替している。

（児島襄『太平洋戦争・下』）

しかし、それまでであった。

第二百二十九連隊の将兵は八百名までになり、ついに、七月二十九日、後退命令が出されている。

種村はこの戦いには参加できなかった。敵の上陸直前、病気で倒れてしまったからだ。壕の中で苦痛に耐えていたが、杉浦中隊長に諭され、コロンバンガラ島の野戦病院経由でラバウルまで送られている。

やがて、後退命令によりラバウルまで引き揚げてきた将兵を見て、種村は涙を流している。

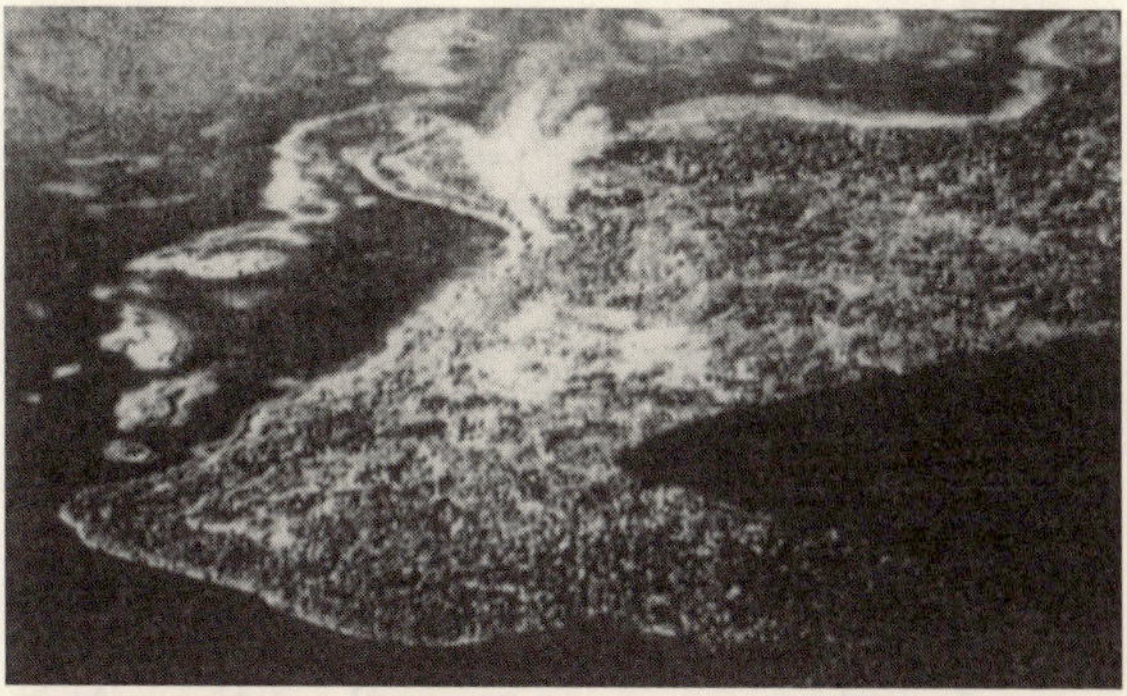

空襲をうけるムンダ飛行場（雑誌「丸」提供）

第二中隊は、わずか十一名になっていたのだった。

杉浦中隊長の姿もなかった。

後退命令が出る前日、七月二十八日のこと。杉浦中隊長は四方から迫った敵を相手に戦い続けていたが、腹に敵弾を受けて倒れた。駆け寄る部下に脱出を命じながら、傷口を三度さぐって敵弾を取り出した。

そして、

「これが、おれを殺した弾丸か」

と、しばらく眺めたあと、絶命したということだった。

明けて十九年一月、種村は、ムンダ戦線の戦死者の遺骨を内地に届ける役目を命ぜられている。在隊期間が長く、中隊の事情に詳しいということで選ばれたらしかった。

ところが、船便を待っているうち、中隊に再び出動命令が来たから、仰天している。

ここでも種村は、中隊の出発を見送るハメになっている。

中隊の出撃先、アドミラルチー諸島。

やがて、種村の耳に飛び込んできたのは、この「第二中隊全滅」という悲報だった。

――あの「地獄のガ島」をせっかく戦い抜いた第三十八師団歩兵第二百二十九連隊第三大隊第二中隊だったが、こうして、種村一人を残し壊滅していったのだった。(その後、再建)

結局は、内地に戻れなかった種村は、終戦までラバウルにとどまっている。

第二百二十九連隊の戦友会〈福々会〉の面々が、戦後しばらく、種村を「戦死」扱いにしていたのは、おそらくは、ムンダ戦線か、アドミラルチー諸島の戦闘で倒れたに違いなかろうとの判断からだったのだ。

『セ』号作戦発動さる

ガダルカナル島撤収作戦は、相対した米軍第一海兵師団をして「海戦史上、キスカ及びガダルカナルからの日本軍の撤退ほど巧妙なものは、その類がない」と言わしめた。

撤収将兵数は一万七百名に達し、「太平洋戦争最大の奇跡」とされている。一方、それから五ヵ月後の昭和十八年七月、北の島・キスカを舞台に展開された撤収作戦で救出された将兵数は五千七百名であった。

ところが、ガ島と同じソロモン海で、一万二千四百名余の日本軍将兵に対する撤収が企画され、そして、ものの見事に成功させた事例があった。ガ島、キスカ島の場合をはるかに上回る撤収将兵数なのである。

どういうことであったろうか――。

ガ島では、船舶工兵隊による大発、小発の舟艇群が活躍した。在島の船舶工兵たちは、飢餓と熱帯病、それに空襲、艦砲射撃に悩まされながらも、よく舟艇を確保し、よく整備し続けた。

そして、いざ撤収作戦が始まると、救援の船舶工兵隊たちは、この在島隊と相呼応し、撤収地点から沖合の駆逐艦隊まで将兵を運んだ。舟艇がガ島で不足していると知ると、飛行機、魚雷艇による敵警戒網を突破し、「決死の輸送」で舟艇を島まで届けている。

最後まで踏みとどまり、「もう日本兵はいないか」と確かめてから島を離れてもいる。まごまごすると、彼ら自身が「置いてけ堀」になるところだったのだ。

作戦終了後、船舶工兵第二連隊はブーゲンビル島エレベンタに根拠地を置いている。同連隊史は「十八年二月八日、連隊の在ガ島兵力二百五十名はエレベンタに帰投、全兵力集結す」と、うれしそうに書いている。

――余談になるが、エレベンタでも間もなく「現地自活」が始まっている。補給が来なくなったのだ。

連隊主計担当、江藤総臣陸軍中尉＝写真＝は、頭をひねっている。

ここに転任する際、わざわざラバウルから五頭のブタを連れてきていた。一頭はオスであり、繁殖すればタンパク源の補給は万々歳のはずであった。ところが、ぜんぜんその気配がないのだ。

よくよく調べてみると、そのオスは去勢されていることが分かった。一同がっくりであった。

なお、このブタたちは戦後まで生き延びている。なぜなら、どれほどの食糧危機に直面しても、第二連隊のだれもが、「食べちまおうよ」と、言い出さなかったからだった。

江藤総臣

江藤は、連隊史の中で、旧陸軍経理学校の教育は、対ソ連戦、対中国戦を想定した「大陸での野戦給養」であり、対米戦の、しかも熱帯地におけるジャングル戦における給養は「全く想定外のこと」とされていた、と、鋭く指摘している。

同連隊史には、ジャングルでの現地自活の知識がちょっとでもあれば、湿気を避けるため、宿舎の床を地面から離して高くつくること、サゴヤシからデンプンを採取する方法などで、ガ島における熱病患者や栄養失調者を「最小限に抑え得たのではないか」という記述も見られる。

さて、大撤収作戦のことだった。

コロンバンガラ島ビラの日本軍飛行場（雑誌「丸」提供）

前項でニュージョージア島ムンダの戦いを扱った。奮戦、勇戦も及ばず、同島を後退した日本軍主力は、そのあと、隣のコロンバンガラ島に集結している。

当時、コロンバンガラには、ガ島放棄後の日本軍が、数ヵ月をかけてつくりあげた強固な守備陣地があった。ここに「巧妙な、頑固さ、および剛勇さ」（米陸軍公刊戦史）を存分に発揮したムンダ戦の生き残り兵が加わったことになる。さあ来い、と、いう態勢ができあがっていた。

ところが、そうした日本軍の断固たる構えを察知した米軍は、コロンバンガラを飛び越して、ひとつ先のベララベラ島に上陸したから、あれっ、てなことになった。

このままいくと、コロンバンガラの日本軍守備兵は敵中に孤立することになってしまう。

ここに、ふたたび船舶工兵の出番が回ってきた。

十八年九月二十七日、『セ』号撤収作戦発動――。

船舶工兵第二連隊はじめ、第三連隊、第二揚陸隊、それに海軍第一根拠地隊が舟艇部隊となり、大発、折り畳

汾陽光秀

み艇ら合わせて百三十六隻が総動員された。急遽、駆逐艦三隻も輸送隊として参加した。これに、十一隻の駆逐艦が舟艇部隊援護のため出動、水上偵察機が上空警戒に当たるという大作戦となっている。

船舶工兵第二連隊第二中隊の汾陽光秀《かわみなみみつひで》陸軍少尉＝写真＝は、軍刀を握り締め、大発の機関室脇に立ちながら、前方の闇に目を光らせていた。

艇速に合わせ、横なぐりの波頭が舷側にぶつかってくる。航跡の白波は夜光虫できらきら光っている。

今回の舟艇部隊作戦基地のチョイセル島スンビからコロンバンガラまでは海上約七十キロ。五時間足らずの航海である。しかし、一帯は「敵の海」なのだ。敵駆逐艦、魚雷艇が待ち構えているはずであった。

行きは、まあ身軽だからいいとしても、帰りが大変だ。定員の倍以上の将兵を満載するから、速度が遅くなるのは必至なのである。

「ガ島以来、当方面には『神風』がないので、半数も連れて帰って来れば、大成功だと思う」

「撤退部隊は全くノロノロと海の中に沈められに出て行くようなもので、悪くいけば、ほと

んど全滅。うまくいっても、半分くらいの損害はあるだろう」(『連隊史』所載・司令官、舟艇部隊長発言)

果たして——。

前方に青色の照明弾が上がった。一つ、また、一つ。

「この下に敵駆逐艦あり」との味方水上偵察機による信号である。

こんどは、青色と赤色が、続けて落ちた。

「敵の駆逐艦、巡洋艦あり」

そこへ、突然だった。さあーっ、と、白波が走ってきた。

敵魚雷艇だった。

瞬間、周辺の海域が「真昼のように」なった。

「照明弾で明るい中空に敵艦砲の炸裂による水煙が舞う。艇は揺れ放題に揺れる。間隙をぬって、敵魚雷艇が激しく撃ってくる」

「ひたすら各艇は全速蛇行運航で真っ暗闇の中を突っ走った」

汾陽の大発はコロンバンガラの白い浜に突っ込んでいる。

ばらばらと灯火を持った人影が寄ってくる。

「だれかっ」

「日本軍だ」

「ありがとぉーっ」

「セ」号作戦戦没者供養塔（東京・杉並区梅里の西方寺）

――汾陽は『連隊史』の中で書いている。

「待機位置で待ち構えている疲れ果てた転進部隊将兵の姿が目に映る。『なんとしても彼らを無事に送り届けてやらねば』と思うと、おのずから身が引き締まる」

「任務を完了したときの満足感と転進将兵の感謝に満ちた眼差しは、今でも忘れ得ぬ思い出である」

『セ』号撤収作戦は三日後にも行なわれている。

撤収人員、一万二千四百三十五名。作戦は十月三日に完了、大成功だった。

「本作戦の舟艇機動間、海上で受けた敵の攻撃回数は、巡洋艦八、駆逐艦三十六隻にのぼり、魚雷艇にいたっては数え切れない」

「我方の損害、沈没した舟艇は約半数を数えたが、幸運にも転進部隊を搭載した舟艇は一隻のみであった」

「転進部隊の戦死二百名に対し、その輸送の任に当った機動舟艇部隊側の戦死者は百七十名であった」（同『連隊史』）

舟艇部隊側の戦死者百七十名という数字は、実に作戦参加船舶工兵の「十五パーセント以上」にも当たるものだった。

いま、東京都杉並区梅里一丁目の西方寺境内には、『セ』号作戦戦没者供養塔が建っている。作戦時の機動舟艇部隊長、元陸軍中将・芳村正義（故人）が自費で建てたものだ。

毎年十月三日、ここで作戦戦死者の供養法要が行なわれている。

第九章　ガ島に取り残された将兵たち

撤収に間に合わず

半年に及んだガダルカナル島攻防戦は、日本軍の総撤収という形で結末を見た。撤収作戦は「奇跡」的な成功を収め、約一万七百名の将兵が救出された。

その最終局面にあたっては、これまで扱ってきたようなさまざまなスリリングな場面が展開された。本書第七章の最後にも述べたように、撤収部隊の舟艇隊による「もう日本兵はいないか」と呼びかけるシーンは劇的でさえある。今日なお、この場面はいくつかの戦史で特記されている。映画でも再現され、見る者の胸を熱くしてくれる。

「午後十時三分、松田大佐（総後衛部隊長）は全員乗艦終了との報告を各駆逐艦から受けた。駆逐艦からのハシケは海岸近くまで漕ぎ寄せて、『陸軍の兵は居らぬか』と呼び続け、最後の一兵もいないことを見届けて帰還した。

時に昭和十八年二月七日午後十時二十分であった」（防衛庁資料）

——ガ島戦に関する記述は、ここで終わるのが普通だ。

だが、そのころになっても、撤収地点と指示されたガ島最西端のエスペランス岬、カミンボ海岸目指し、必死の眼を光らせながら「待ってくれ」「待ってくれ」。よろばい、あえぎながら、身体を引きずるようにして歩き続けている兵がいたのである。

あるいは「味方撤収」との報を耳にしながら、衰弱し切った身体を路傍に横たえ、絶望と諦めの眼で、ひたすら友軍の幻影を追う兵がいたのである。そしてまた、悲劇的なことには、撤収作戦そのものが伝わらず、味方陣地を捜し求める兵がいたのである。

撤収の駆逐艦隊が去ったあとの一時の静寂が流れた戦場で、なおも、かれらの息遣いは夜の闇の中でたしかに聞かれていたのだった。

第三十八師団歩兵第二百二十八連隊、吉田鉄雄陸軍上等兵＝写真＝は、まだ、ジャングルの中をさまよっていた。

「転進命令」が出て、とりあえず、撤収地点ひとつ手前のタサファロング海岸に「集結せよ」ということになった。だから、西へ、西へと歩いてきたのだが、「骨と皮ばかりのこの体力」で、指定の時間にはとうてい間に合うべくもなかった。

「戦友たちがこの島から引き揚げて、もう幾日たったろう」

「いよいよオレもこのガ島で独《ひと》りぼっちか」

上空をかすめて飛ぶ飛行機は、みな、アメリカのマークばかりなのだ。

「いつの日か、友軍がきっと助けに来てくれる」

それだけが「わずかな希望」であった。

「毎日が食糧さがしだけで、今日が何月の何日だか」、さっぱり分からない日々となっている。

——こんな記憶がある。

目の前の茂みで、ごそごそ動くものを発見した。とっさに思ったのは、これで今日も命がつなげる、ということだった。

帯剣を右手にじりじりと近づき、なけなしの力をふりしぼって突き出している。だが、傍から見れば、それは、よろよろとした緩慢な動作ではなかったか。

はたして、手元がくるい、剣は木の幹を突いた。だが、相手は、まだそこにいるのだ。よく見ると、それは、

吉田鉄雄

「ヒゲぼうぼうの日本兵ではないか」

右足を骨折していて、歩けないということだった。独《ひと》りぼっちだった吉田は、この兵を助けようと思っている。

苦労して捕った小さなトカゲの皮を剥き、生のままながら、兵の口に中に入れてやっている。兵の目からは、「涙が一滴、また一滴、したたり落ち」ている。

夕刻、並んで座ったところで、その兵が「どうもおかし

い」と言い始めた。

先ほどから、比べて見ていたのだが、

「オレの右足が、どうもお前の足の向きとは、反対の方向を向いているようだ直してくれ、と言うのだ。

なるほど、ハダシの足の右足首のところがヘンなふうにねじ折れていて、上下さかさまなのだ。

五本の指の部分が下になって、かかとの部分が上になっている。

そこで、右足首をぐるっと回した。左足にそろえて、かかとを下にしてやったのだが、相手は「痛いともなんとも」言わない。

「ありがとう。これで右と左が同じになった」

ああ気持ちがいい、と、かえって礼を述べるから、その顔をまじまじと眺めている。

翌朝、兵は、吉田の横で冷たくなっていた。

吉田上等兵は、ガ島中部にあるアウステン高地で戦った稲垣大隊の一員だった。

米軍と真正面に位置し、しかも至近距離にありながら、稲垣武義少佐の率いるこの大隊は、米軍が「驚嘆の念」を隠さなかったほどのすさまじい戦いぶりを見せた。隊員に岐阜県出身者が多かったことから、やがて「岐阜《ギフ》高地」と呼ばれるようにもなっている。

山岳戦にことのほか強い部隊だったといわれる。

「アウステン山の奥の高地を守った稲垣少佐の抵抗は頑強を極めた。艦砲に次ぐ重火器の砲弾の雨をもってしても、飢餓に瀕した将兵の鉄のような意志をくじくことができなかった」
（米第一海兵師団戦闘記録）

——吉田の記憶によれば、大隊に「転進命令」が来たのは、一月二十二日のこと。それも「二十三日夜までにタサファロング海岸に集結せよ」というものだった。この敵陣の中に突出しているような最前線から、タサファロングまでは「約二十五キロ」もある。しかもジャングル、急峻を突破しなければならない。

「どんなことをしても三日はかかるだろう」

そこで、もはやこれまで、と、稲垣少佐は「玉砕」を決意している。

そして、二十三日未明、残余の兵を集めての夜襲を敢行している。

「円形に包囲した南側地域に日本軍が攻勢に転じてきた。兵力約百。手榴弾、拳銃、

「ギフ高地」に建つ慰霊塔（平成四年九月撮影）

自動火器を使用しての逆襲だった。決死の日本軍の攻撃だった。しかし、米軍の防御陣地の前に攻撃はやがて止んだ」（同）

かろうじて生き残った吉田の彷徨が、それから始まったのだった。

数人の戦友とともにタサファロング海岸を目指したのだが、もちろん撤収作戦に間に合うべくもなかった。戦友たちは、途中の谷間、草原で、次々と倒れていっている。

「自分の顔を見ることはできないが、手や足を見ることはできる。これが自分の手か、足か、と不思議に思える。足の太さが手首の太さ。手首の太さは三、四歳の幼児のものと同じだ。骨の上に皮をつけただけだ。

もし鏡があったら、自分の顔を見てなんと思ったことだろう。おそらくミイラそっくりであったろう。オレもこれでおしまいだ。お母さんはいまごろどうしているだろうか。ふと脳裏に母の顔が浮かんだ。こちらを向いて、『頑張るのだよ』とほほえんでいる」（吉田『手記』）

小川に下りて水を飲み、「一休みと横になった」ところで、「意識不明の眠りに落ち込んでいって」いる。

気がついた時、吉田の身体はタンカに乗せられ、さきほどの小川をじゃぶじゃぶ渡っていた。

そうか、そうなのか、と、吉田はタンカの上で思っている。

「友軍が来たのだ」「オレは友軍に助けられたのだ」

そう思うと、本格的に意識を失ってしまっている。

なん日か経《た》って、吉田の目と耳に入ってきたのは、「鼻の高い」顔と「ぺらぺらと聞こえるしゃべり声」だった。

母親の泣いているような顔が浮かんできた。

――吉田が米軍に救助されたのは、三月二十日のことだった。

あの撤収作戦が終わってから、実に四十三日目のことであった。

のちにニュージーランドのフェザーストン捕虜収容所に移され、ここで終戦を迎えている。

敵中突破ならず

川井惣市陸軍兵長＝写真＝は、重傷の身を引きずりながら、ひたすら撤収地点であるエスペランス岬を目指していた。

敵弾は左肩から右脇の下へ抜けている。その瞬間、「丸太ん棒で強く殴られた」ような衝撃があり、つんのめって倒れた。だが、さほどの痛さは感じなかった。「骨と皮」の身体からの出血は少なく、シャツに滲む程度だった。

左腕をあり合わせの布で吊り、さらに歩いた。また歩く。この日中に集結しなければ、最後の撤収船が出ていくのだ。

川井惣市

「乗り遅れたら、置き去りになって餓死するほかない」

川井は、前項の吉田鉄雄上等兵と同じく、アウステン高地に立てこもり、さんざん敵を悩ませていた稲垣大隊にいた。

当時、川井と吉田は、お互いに知らない。所属する中隊が異なっていたからだ。

また、戦場のいま、同一の陣地で戦っているのだが、他人の消息どころではなかった。自分の食べる物は自分で求めなければならないのだ。

「将兵たちは、敵の砲撃中といえど、死を恐れなかった」

なぜなら、敵弾が大木に炸裂して、木の実、ハチの巣、ムシなどを落としてくれるからだ。

「栄養失調で歩行できぬ者」も、炸裂音を聞くと「周辺をはい回る」のだった。

敵の目から見るアウステン高地の日本軍陣地は、次第に露呈し始めていっている。なぜなら、砲撃による被害があったのはもちろんだが、日本軍自身が、それまで銃座を隠してくれていた「命と頼む」ビンロウジュを切り倒し、食べていったからだ。

「夜ともなれば、お月様はじめ、お星様や南国特有の南十字星が壕内から眺めることができた」

その代わり、昼間は、敵機に発見されやすくなっていっている。

敵側の日本語による「投降」の呼びかけもしきりになっている。

「岐阜《ギフ》高地の皆さん、稲垣部隊の皆さん、毎日ご苦労さん。銃剣を捨てて、山をおりてきなさい。温かいコーヒーとミルクとパンを与えます。君たちは十重二十重に包囲され、勝ち目、ありませーん。十二分に責任を果たし、だれにも遠慮することはありませーん。神様も許しまーす」

ガ島戦の焦点となったルンガ岬。上方にアウステン高地と飛行場が見える（雑誌「丸」提供）

このあと、きまって猛烈な砲撃が始まるのだった。ついに戦車も登場して来ている。

一月二十三日、前項で紹介したように、稲垣少佐は、ついに全員玉砕を覚悟した。敵陣を突破した者は、後方の友軍に合流せよ、という命令を発した。

川井ら、生き残り将兵たちは「阿修羅」となって突っ込んでいっている。

――やがて、ジャングルの中に迷い込んだ川井は、予備陣地を守っていた中尉と兵一人に出会っている。予備陣地も玉砕戦でほぼ全滅したということだった。

ここで、川井は冒頭の「撤収作戦」のことを初めて聞いたのだった。

前項の「アウステン高地に転進を伝える伝令が来た」という吉田上等兵の記憶と食い違うのだが、ともかくも、この時の川井は「撤収」と聞いてびっくりしている。

中尉の言によれば、予備陣地まで「撤収」の連絡はあったが、敵の重囲下にある本陣のアウステン高地までの連絡法がなかったということだった。いくども連絡兵を出したのだが、一人として帰ってこなかったということだった。

「撤収」を耳にしたその日が一月二十八日――。そして、この日でもって「最終引き揚げ船が出て行く」というのだから、川井が目を剥いたのも当然のことだった。

元気な時でも、このアウステン高地周辺から撤収地点のエスペランス岬まで「一週間は必要とする」のに、いま、この衰弱し切った身体でどうせよというのであろうか。

すでに触れたように、実際の撤収作戦は二月一日から始まったのだが、いま、この三人の手元にある最新情報は、「一月二十八日が最終日」とされたままだった。

そこで、三人は決心している。

「死を覚悟で、敵の幕舎を通り抜け、海岸線に出て砂浜を一直線にエスペランス岬に突っ走るほかなかった」

――しかし、やはり無理だった。

草原に出たところで、自動小銃の乱射を浴びる結果になった。中尉の連れだった兵は即死。中尉もまた、右足をやられた。川井が左肩に貫通銃創を受けたのも、この時だった。

一月二十九日、川井と中尉との二人連れの脱出行となっている。途中の日本軍陣地で見たのは「眼球のみ輝き、重体で、歩けそうにもなく、横に寝て」いる「見るも哀れな」戦友の姿だった。

あちらで二人、こちらにも五、六人。ほかの者は「食糧を取ってくるから」と出ていったままだということだった。置き去りにされたのである。川井は、傷の痛みを抑えながら、かれらのために「せめてもの」の水を汲んできてやっている。

また、味方の野戦病院跡に出たことがあった。六十体ほどの友軍死体が転がっていた。すさまじい光景であった。ハエ、ウジ、悪臭、そして白骨。「残酷さ限度に達し、哀れ」であった。

三十日、ヤシの新芽をかじり、拾った米軍の牛肉缶詰の空き缶を指でこすり、なめている。たまらず、米軍の幕舎に忍び込み、牛缶二個を盗んでいる。

三十一日、夜明けを待たずに海中に入り、頭だけを出したまま前進することにした。中尉の足の傷が、塩水でたまらなく痛む。さらに、そうした二人のあとを夜光虫の光の波が追ってくるのだ。まるで発見してくれ、と、頼んでいるようなかっこうだった。

海中突破を諦め、ふたたびジャングルに潜んだのだが、ここで、「敵陣へ食糧を奪いに行く」といって、中尉が立ち上がっている。軍刀を手に、足を引きずりながら消えていっている。それが、この歴戦の中尉、最後の姿であった。

二月一日（第一回撤収作戦日）、川井は杖《つえ》を頼りにただ一人歩き続けている。だが、「左肩の痛みと足腰の疲れ」で休み休みの、ふらつきながらの歩みでしかなかった。

二日、夢に不動明王が出てきて「その方を助けてやろう」というのだ。そして、故郷・岐阜に帰り「好物の大福餅やお汁粉をたらふく食べている」自分の姿を見ている。

三日、「孤独感と極度の疲労と空腹に耐えかね」て、ふたたび杖を手に起き上がったものの、一歩、二歩しか進めず、爆弾の穴にもぐり込んでいる。

もう、このころの川井は、半分死んでいたのではなかったろうか。

意識が薄れる中で、またまた「幻夢」を見ている。

空から味方飛行機がやってきて、縄梯子を下ろしてくれるのだ。海上には味方駆逐艦が来て、「戦いは終わった。家族の待つ日本へ帰ろう。早く出て来い」と、いく度も呼び続けてくれるのだ。

川井は、はっと気がついている。

そうだ、日本に帰るのだ。おれは日本に帰るのだ。

穴を出た。

杖を頼りに立ち上がった。

だが、一歩も歩けず、倒れた。

ここで、川井の力は尽き果ててしまっている。

四日（第二回撤収作戦日）、川井は、ガダルカナル島中央部にある米軍野戦病院で息を吹き返している。

――川井もまた、前項の吉田同様、フェザーストンへと送られた。

撤収を知らず

第三十八師団歩兵第二百二十八連隊、森義富陸軍伍長＝写真＝は、撤収作戦をまったく知らなかった。

だから、全軍が撤退したあとも、友軍の姿を求めてさすらっている。

撤収作戦が完了したのが、昭和十八年二月七日。森が「残兵掃討」の米軍に捕まったのは二月十八日のことだったから、森は、友軍撤収後、なお十一日間にわたって戦っていたことになる。米兵一人を刺殺した。

森も、前項までの吉田鉄雄上等兵、川井惣市兵長などと同じように稲垣大隊の一員であった。中隊がそれぞれ違うので、顔見知りでなかった事情は、すでに述べた通りだ。

さて、稲垣大隊が、五千余にのぼる敵兵による包囲網にも屈せずに「頑強な抵抗」をしたことは、その後の米軍の前進を慎重なものにさせ、結果的に友軍の撤収作戦を成功させる大きな要因のひとつになったのではなかったか。

たとえば、森にはこんな記憶がある。

――たちまち食糧がなくなって「飢餓」が襲い始めたころ、疲労と空腹で動けなくなった「弱兵」たちに銃を持たせて、陣地の守備を任せた。そして、なんと、森ら「歩行できる者」たちばかりで後方の食糧集積所に食べ物を求めにいっている。

留守中、米軍が攻めてきたらひとたまりもなかったはずなのだが、現実にはそうなっていない。それほど米軍は、稲垣大隊の日頃の「頑強な抵抗」に怖じ気づいていたことになる。

「米軍は決して岐阜高地全体に侵入して来なかった」

しかし、それに代わる連日の猛砲撃であった。

大きな損害を出した森の中隊は、陣地から離れた台地状のところにある予備陣地へと下げられている。傷病者を中心とした隊であった。

なお、この予備陣地の隊長が、前項で紹介した川井兵長が脱出行の途中に出会った中尉だった。この予備陣地に移ってからあと、森は左足に迫撃砲弾を受け、重傷を負っているのだから、おかしなものである。

「二日で化膿し、ウジがわいた」

そんな時、一月二十三日、大隊の玉砕覚悟の敵中突破作戦が行なわれたのだった。

予備陣地に対する稲垣大隊長の命令は「脱出せよ」というものだった。

その大隊長命令を伝える中尉の近くでは、「動けない四十余名の戦病兵、戦傷兵が横に伏したまま、うつろな目」をして見上げている。

だが、これも重傷の森は「なにくそ」と思っている。

「おれは生きるぞ、こんな生き地獄の山（高地）で死んでたまるか」

「おれは、おふくろの顔を見るまで生き抜くぞ」

小銃は捨てた。帯剣の鞘も捨てた。刀身だけを腰に差した。

そして、台地裏手のガケを一人でよじ登っていっている。

森義冨

痛む左足をかばいながらの苦行だった。

登り切った時だった。

危ういところだった――。

いままでいた予備陣地に米海兵隊が「どっと周囲から突撃」してきている。そして、無残な光景が展開されたのだった。

傷ついて動けない戦友たちが、片っ端から刺殺されていっている。「ぎゃー、ぎゃーと悲惨な声」を上げながら死んでいっている。

それからの森なのだが、孤独の逃避行となっている。

ときどき出会う友軍に相手にしてもらえなかったためだった。なぜなら、森は負傷していた。重傷の左足を見て、「同行を拒否」されるのである。あるいは、まったく「無視して先を急いで行って」しまうのである。足手まといになることを嫌われたのだった。

森は、一人で友軍陣地を探さねばならなかった。

ともかく西へ行けば、必ず味方のがんばっている陣地があるはずだった。

そろりそろりと歩いている。

と、なんと、目の前に米兵歩哨の背を見るはめになったことがあった。

ためらわず、腰に差した帯剣を抜き、後ろから刺している。

「歩哨は異様な低い声で倒れていった」

米軍の軍服が散乱している場所にさまよい出たこともあった。

ここで、米海兵隊軍曹の服装に着替えている。左腕に山型の三本線がついているのだ。

「よし、これで、米歩哨の目をごまかすことができる」

たしかに、その後、いくどか、遠くから「ハロー」と声をかけられたが、こちらからも「ハロー」ですり抜けることに成功している。

その間、傷にわいたウジの始末をし、缶詰を拾うことを「忘れ」ていない。

——そのうち、だんだん募ってくる不安があった。

どうしたことか、米軍の動きが妙に静かになっていったことだ。

ガ島でパトロールする米兵（雑誌「丸」提供）

これまで味方陣地もいくつか見た。いずれも銃器類が「放置」されているうえ、肝心の守備隊がいないのだ。

「ヘンだな」

と、森は、さすがに異変を嗅《か》ぎ取っている。しかし、どういう事態が進行しているのかは分かっていない。

二月十八日午前八時半すぎ、森は、落ちていた米軍の缶詰を拾おうとしたところで、囲まれている。

「ヘーイ、ゲラップ、ゲラップ」

米軍の捜索隊だった。缶詰はワナだったのか。

森は、二百名ほどの米兵が集まっているところへ連行されている。

「キル・ジャップ」

と、連中は口々にいっているようだった。

森の着ている米海兵隊軍曹の制服が、かれらを刺激したのではなかったか。

「毛唐め、早く殺せ」

と、森は叫んでいる。

やがて、四名の銃を持つ兵の前に立たされた。

「情けある米兵」が、森の顔をタオルで覆い、後ろを縛ってくれている。

――と、周囲で騒ぎが起きたようだった。なにやら言い争っている様子だ。

目隠しをはずされたので、見ると、森を捕らえた軍曹と、あとからやってきた大尉とが押し問答をしているようだった。

「日本兵を殺す」

「殺してはいけない」

結局、森は近くの幕舎に連れていかれている。

大佐が調べた。日系二世の軍曹が通訳に当たった。

階級、所属部隊、部隊名、部隊長名などを訊《き》く。

「出放題のウソ八百」を答える。

そんな森に突然、大佐が「成田さんのお守り」を出しながら、「これはなんですか」ときたから、森はきょとんとしている。

そして、大佐は、

「あなたは日本軍がガ島から敗退したことを知っていますか」

と言うのだ。

森は驚き、ア然とし、それが本当のことと分かると、泣き叫んでいる。

「軍人勅諭、戦陣訓はなんだったのか」

「大本営はウソ八百を並べて、おれたちをダマしていたのか」

「神も仏もないのか」

そして、成田さんのお守りを奪って、引きちぎって捨てている。

米軍大佐は、そうした森を「テキリーズ」（テイク・イット・イージィ）と言って落ち着かせようとしている。

森は、米軍軍医の診察を受けた。

「この日本兵は助からないよ」

そんな通訳の言葉に、森は、

「これで死ねる」

「捕虜にならないで済む」

そう思うと、安心した。

安心したら意識を失った。

第十章　捕虜収容所の反乱

二十七名自決す

前章から続く――。

アウステン高地で「頑強」に戦っていた稲垣大隊は、最後に「刀折れ矢尽き」た。「座死するよりも」と玉砕戦を選び、多くが果てていった。

予備陣地にいた森義冨陸軍伍長は重傷の身ながら奇跡的に脱出に成功し、味方の総撤収も知らず、ガダルカナル島のジャングルを彷徨した。「孤独の戦い」であった。

しかし、ついに「残敵掃討」の米軍捜索隊に捕まり、銃殺寸前までいったが、かろうじて収容されたのだった。

さて、森は、米軍幕舎の野戦用ベッドで意識を取り戻している。幕舎の天井がぐるぐる回り、やたらとあたりがまぶしかった。服は新品の米軍制服に取り換えられている。左足の傷には手当てが加えられ、包帯が巻かれてあった。

「おれは生きていたのか」

それが、森の米軍基地における第一声であった。

その言葉を口にして、はっとする。意識が急速に明確になってきた。

将校看護婦と日系二世伍長、それに自動小銃を肩にかけた黒人番兵が立っていた。

「お気づきになりましたか」

看護婦の言葉を二世が通訳した。

「おれは生きていたのか」

「おれは、あのときに死んでいたかった」

森の言葉が通訳されると、看護婦は胸のところで十字を切った。

「よくこの体で生きていましたネ。駄目かと思いましたが、万が一、ということで強壮剤の注射を打ちました」

森は、こんな激戦地に女性がいることに驚いている。

そして、こんな一敵捕虜に、そんな手当てまでしてくれたことに、なお驚いている。

看護婦は続けた。

「あなたは死ぬことを望んでいるが、強い気力と意志を持って生きて下さい」

「きっと明るい光が、あなたを照らす日が来ます」

森は、ふらふらと立ち上がっている。

番兵の銃がガチャッと鳴ったが構わない。

足元をなんども確かめたあと「不動の姿勢」を取り、看護婦に向かって挙手の敬礼をしている。

果てしなく広がる南太平洋

なぜ、そんなことをしたか、分からない。

ただ、なんだか、ひどく心を打たれ、反射的にそうした行動を取ったように思う。

「生きたい」

「生き抜くぞ」

ベッドに戻された森は、日数が経つにつれ、そんなふうに自分の心が変わっているのに気づいている。

撤収後も、日本軍の飛行機はたびたびガ島に対する空爆を続行した。それは、奪回を諦めていないぞという強固な意志表示のようにも思われた。

島の米軍捕虜収容所に入れられた日本軍捕虜は、森をはじめ六十一名になっていた。

日本軍が撤収してから二ヵ月後の昭和十八年四月八日、これら捕虜は、舟艇によりニューカレドニア・ヌーメアに送られている。

食事はよかった。しかし、蚊の多いところだった。スコールも多かった。雨は収容所の屋根をたたき、バリケードの向こうを煙らせた。緑の木々が水彩画のように浮かび、異郷で虜囚生活を続ける日本兵の感傷に訴えた。

捕虜は続いてやって来ている。

ガ島戦後のソロモン海の戦いで沈められた海軍艦艇の乗組員、それに落とされた飛行兵が多かった。つい昨日まで戦っていた将兵たちばかりである。元気者ぞろいなのが、衰弱し切ったガ島兵と対照的であった。

将校たちの多くはハワイに送られて、下士官以下が残った。収容所内の生活規律は、これら張り切った海軍下士官が実権を握るようになった。このころ、日本兵捕虜は総計二百十名にも膨れ上がっている。収容所内は、なにごとも旧軍隊式がまかり通るようになっている。

ガ島兵の多くは、ひっそりと過ごしていた。あまりにも多くの戦友の死に出会い、あまりにも悲惨な日々が続いたせいであったろうか。いぜんとして、捕らえられた時に名乗った偽名、ニセの階級で通して「過去の出来事にはあまり語り」たがらなかった。

そうした両者の対立は、だんだん表面化するようになってきている。

こんなことがあった。

森が作業長として四十名を引率し、草刈り作業に出ていた時、番兵の黒人兵四名と捕虜の日本兵が口争いになった。

あちらが「トージョー」の悪口をいったのに対し、こっちも「ルーズベルト」を貶《けな》す言葉を口にしたらしかった。

トージョーとは時の首相・東条英機陸軍大将、ルーズベルトは当時の米大統領のことだ。

他愛のないことから始まったこの口げんかは、意外な方向に発展していった。どうしたことか、やにわに怒り出した番兵の一人が、自動小銃を持ち直したかと見るや、その日本兵捕虜を射殺してしまったのである。

この事件は、捕虜側に大きなカゲを落とすことになった。

ガ島兵と海軍兵側との対立がますますはっきりとしてきたことだった。

森は、海軍側のリーダーである上等兵曹に呼びつけられ、激しくなじられている。

「兵が射殺された直後、ほかの者が番兵を襲おうとしたのをなぜ止めたか」

「素手で襲っても皆殺しになる、と判断したためです」

「それでも日本軍人か」

「ここでは、そんな言葉は通用しませんよ。軍人精神を持ち出されるなら、なぜ、捕虜になる直前、あなたは自決しなかったんですか」

その後、この海軍上等兵曹発案による六日間の「絶食ストライキ」が行なわれている。

海軍側は、それでも収まらなかった。

十月初めになって、こんな物騒なことを言い出し始めている。

「番兵の米兵を皆殺しにして武器を奪い、山にたてこもる。そして、友軍の上陸作戦を待つのだ」

これには、ガ島兵の多くが、ア然としている。

「あんたね、あんたらはガ島戦の経験がないからそんなことをいっているが、そんな計画では、殺してくれといっているようなもんだよ」

だが、海軍側もがんばる。

「われわれは、こんな捕虜生活の侮辱には耐えられない」

必ず実行するというのだった。

そして、捕虜全員に対し、計画の実行部隊に入るようにと強い圧力をかけている。

もちろん、海軍兵の全員がそんなふうであったわけではない。それとは反対に、ガ島兵の間にも同調する向きがなかったわけではない。そうした混乱の中で、ガ島兵の中から二名の自殺者が出ている。

森が聞いた自殺者の最後の言葉は、次のようなものであった。

「米兵だけが敵だと思っていたが、収容所の中にはそれ以上の敵がいる」

決起の日は、十月八日午前一時ということだった。

ところが、その二日前から、収容所の周囲は米兵で埋まっている。捕虜の中から通報者があったためだった。

海軍上等兵曹は、またまた「蒼白な顔」で森を怒鳴りつけている。

「密告者はお前らガ島兵の中にいる」

「すぐ調べろ、殺してやる」

しかし、それは「意外にも」海軍側の一人だった。「暴動は失敗するのに決まっているから」と、通告したことを名乗り出たのだ。

その日未明、海軍幕舎は「物音ひとつしない静けさ」に包まれていた。

明けて、米兵の一隊が後片付けに入っていった。

覚悟の自決者、首謀者の海軍上等兵曹はじめ海軍兵二十四名、陸軍兵三名、総計二十七名。（日時と人員は森の記憶による）

出てきた米軍指揮官が、自決者の収容作業をじっと見守る森ら日本兵捕虜に対して、「オール・ジャパニーズ・ソルジャー。アイ・アム・ソーリー」

首を振り振り、そんな哀悼の言葉を述べている。

ニュージーランドに死す

ニューカレドニア・ヌーメア収容所での日本兵捕虜による暴動失敗事件から、少しさかのぼる。

昭和十八年二月二十五日、ニュージーランド・フェザーストン収容所でも凄惨な暴動事件が発生している。日本軍のガダルカナル島完全撤収から十八日目のことだった。

有名な豪州「カウラ収容所暴動事件」が起きたのは十九年八月五日のことだったから、それよりはるか以前の出来事ということになる。このフェザーストン事件も、前項のヌーメア事件と同様、ほとんど世間に知られていない。

ニュージーランドの首都ウェリントンから約七十キロ北方にフェザーストンがある。現在でも人口二千五百。ヒツジ牧畜を主産業とする小さな町だ。日本兵捕虜がここの収容所に送られてくるようになったのは、当然のことながら、ガ島戦以降のことだった。「当然」というのは、開戦後約一年間は、ほとんど日本軍有利の戦いが続いていたため、捕虜になる者がきわめて少なかったことによる。もうひとつ、これが最大の理由といえるのだが、日本兵の間には、捕虜になることを最大の恥辱とし、「捕虜になるより死んだほうがましだ」といった考え方が厳然としてあったことによるものだ。

本書の最初に「ツラギの戦い」を紹介した。米軍によるガ島上陸作戦開始と同時に、その向かい側の小島・ツラギも徹底的にやられた。

その際、海軍横浜航空隊、宮川政一郎・海軍整備兵長と桜井甚作・海軍二等工作兵の二人は艦砲射撃によって半壊した壕の中に閉じ込められた。五十三日間にわたる「モグラ生活」を強いられたあと、決死の脱出に成功しながら、たどり着いた島の現地人に捕らえられた。

——先の「ツラギの戦い」では、主として桜井の記憶とその著『地獄からの生還』を中心に記述したが、この項では、宮川元兵長の記憶とその手記『ニュージーランド捕虜記』にしたがって述べてみる。

　また、その後の海戦で、あの戦艦「比叡」とともに沈んだ駆逐艦「暁」の水雷長、新屋《しんや》徳《とく》治《はる》海軍中尉にも再度登場してもらうことになる。新屋中尉は、米軍舟艇から差し伸べられた救助の手に「ノー・サンクス」と、いったん断わったという筋金入りの帝国海軍軍人であったことは御記憶にあると思う。（なお、稲垣大隊の吉田上等兵と川井兵長は、暴動後に入所している）

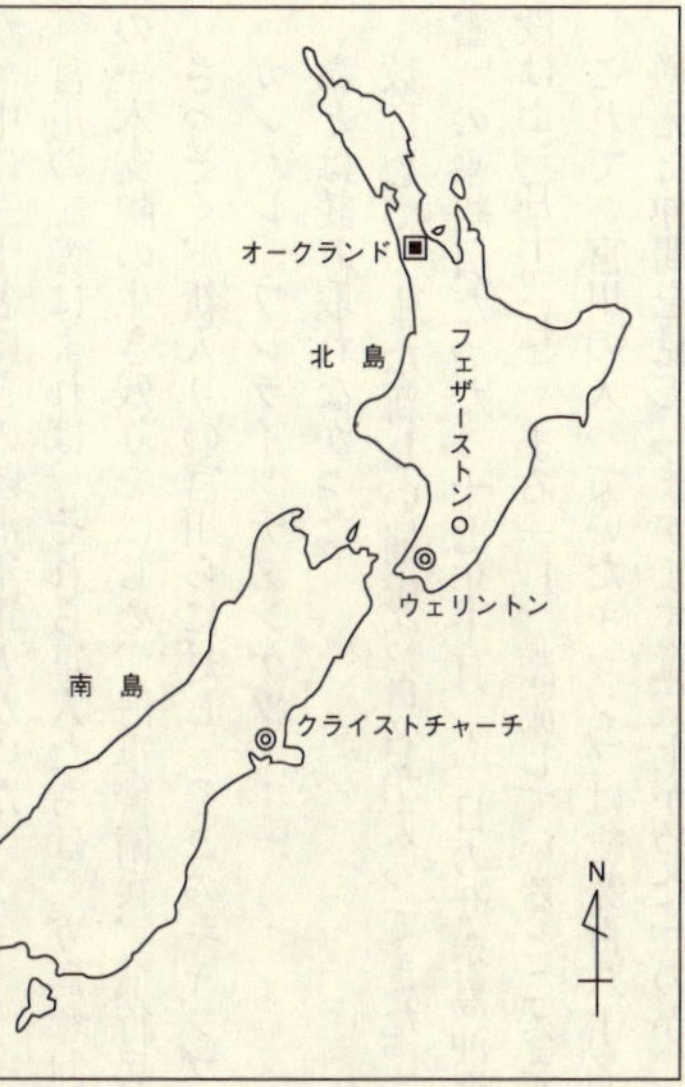

ニュージーランド要図

　さて、宮川と桜井は、ガ島の収容所にいたのだが、戦況がますます緊迫してきたため、居合わせた日本兵捕虜たちは米軍艦に乗せられ、ニュージーランドに送られている。

　そのフェザーストン収容所には先客がいた。

　バリケードで隔てられた別棟のキャンプにいる収容者たちで、約三百名がいるということだった。いずれも、宮川たちと同様、ガ島戦における捕虜ばかりだった。多くが飛行場設営隊の民間人軍属だったが、中に三十名ほどの陸海軍軍人がいた。

宮川の記憶によれば、それら軍人たちは、ガ島奪回作戦で一番最初に突っ込んでいったあの一木支隊の生き残りをはじめ、海軍警備兵、飛行兵らであった。

さっそく、新入りの宮川らに対し、そこのキャンプから手旗信号が送られてきている。

「ガンバレ、ワレライッチダンケツ……」

あとは読み取れなかった。

数日して、また新しい捕虜約百名が入ってきた。重巡洋艦「古鷹《ふるたか》」、それに駆逐艦「吹雪」の乗組員だった。十七年十月十一日のサボ島沖海戦で両艦とも沈んでいる(「比叡」沈没は十一月十三日)。まる一日、漂流しているところを助け上げられたということだった。

これで、宮川の入っていたキャンプは総勢百八十名ほどになっている。

増えた仲間を見て「ますます意気上がった」のか、隣のキャンプからは盛んに手旗信号を送ってくるのが、おかしいといえばおかしかった。

だが、その内容には驚くべきものがあった。

「テキヲ コウゲキスル ケイカクアリ、キカンラモ サンカキョウリョク セヨ」

収容所警備のニュージーランド兵を襲撃して、兵舎を占領し、武器弾薬を奪って(首都の)ウェリントンに攻めのぼる! というものだった。

これには、宮川らも、そして新しく入ってきた軍艦乗組員たちも、「笑って相手に」して

重巡洋艦「古鷹」（雑誌「丸」提供）

いない。

　そこへ「突如」として、隣キャンプの強硬派十数名が、こちらのキャンプに移管となってきたから、以来、ややこしくなっている。

　かれらは、圧倒的多数を占める飛行場設営隊員の中で、盛んに暴動計画をブっていた。民間軍属の設営隊員としては「傍《はた》迷惑な」ハナシである。「少数の軍人に引きずられて、気の進まないままに命を落とすことは、バカげたこと」でもあった。

「民間人と軍人の考えの相違で、いたしかたないことでもあった」

　このため設営隊員の方から、居住区を別にしてくれとの願い出が収容所側に出された、といういきさつがあったらしかった。

　重巡洋艦「古鷹」の三番砲塔砲台長、安達敏夫・元海軍少尉＝写真＝は、新しく入った軍艦乗組員たち「古鷹グループ」のリーダー格だった。そして、暴動決行を迫る強硬派の連中に対して、批判的な意見の持ち主でもあった。

だが、これら強硬派の言い分にも、うなずけるところがあった。

「われわれが捕虜になって生き延びている間にも、同胞や戦友が、戦い、死んでいる」「国のために立派に死んできますと誓った者が、敵国でおめおめ生きていく理由はない」

収容所内では「議論が沸騰」する事態になっている。

議論は真っ二つに分かれている。

おおよそに区別すると、穏健派の古鷹グループと強硬派グループであった。

ちなみに、ここで宮川は、古鷹グループの結束の固さについて次のような観察をしている。

「一心同体、同じ艦で運命をともにしたグループだけに、上官（安達少尉）の命令は脈々と生きていたのである」


さて、どうにもこうにもならなくなって、ついに強硬派は、一斉蜂起を決意している。

十二月二十四日、つまりクリスマス・イヴの日、午前零時が「決起の日」だった。

ここで、安達もまた、別の決意をしている。

「敵は容赦なく銃弾を浴びせて来るだろう。そうなれば強硬派以外の捕虜たちも、好むと好まざるとにかかわらず、決起に参加せざるを得なくなる」

「あとは修羅場だ。もっとも悲惨な状態になるのは、火を見るより明らか」

だから、決起を阻止する。場合によっては、同士討ちも止むを得ぬ。

──その夜半、宮川も、古鷹グループの幕舎に集まっている。

味方同士の目印として白布を腕章に巻いた。かねて用意の鉄パイプ、こん棒を取り出した。

相手の強硬派も相当の準備をしているようだった。

「強硬派が行動を起こす前にたたかねばならぬ」

宮川は、息をころし、じっと時間の経つのを待ちながら、

「ともに第一線に立ち、武運つたなく虜囚になった者同士なのに、なにゆえ、こうして討ち合わねばならないのか。これ以上の悲劇がどこにあろうか」

そんなふうに思っている。

時計の針は進む。

安達敏夫

あと、一時間で「決起」である。

その時、収容所の中がいきなり明るくなっている。

バリケードの外側から一斉にライトが照射されたのだ。

スピーカーが「うわずった」調子の日本語でしゃべり出した。

「幕舎から一歩でも出た者は射殺します」

「命令に従ってください」

どたん場の逆転劇だった。

強硬派幹部の一人が、古鷹グループの動きを察した。そして、同士討ちの「最悪の結果を憂慮」して、直前になって収容所側に通報したためだった。

安達は全員を集め、一時間にわたって熱弁をふるっている。

「捕虜になったからといって、死を急ぎ、ヤケになるな。ここを軍隊だと思え。規律ある生活を保つことこそ、敵側に日本人の評価を高めさせる結果になるのだ」

明けて二十五日、クリスマスであった。

つわものどもの夢の跡

かろうじて「最悪の事態」は回避された。収容所内の空気はオコリが落ちたように一変している。「規律が守られ、整然となって」いっている。

「もっとも、強硬派内部における暴動決起の火種は、そう簡単に消えるものではなかった。しかし、同じ血の通った日本人同士のふれ合いが、彼らの心を正常に戻しつつあったことも事実である」(宮川政一郎『手記』)

昭和十八年の二月も半ばを過ぎたころ、約百名の陸軍兵捕虜が合流してきた。

「頭髪は抜け、顔色は悪く、目は黄ばみ、体はやせ細って、ひどい栄養失調の状態。敗残のみじめさを目のあたりに見せつけられた思いで、なんともいえない気分になった」(同)

やはりガダルカナル島戦で捕虜になった不運の将兵たちだった。

これで、ニュージーランド・フェザーストン収容所の日本兵捕虜は約二百八十名になった。非戦闘員である設営隊の約二百七十名も、別棟のキャンプで生活している。

駆逐艦「暁」の新屋中尉がやって来たのも、このころだった。

収容所側の所長も交替した。「親日的」なそれまでの所長に代わって着任したのは「英国風の、見るからに尊大な面がまえ」のニュージーランド陸軍中佐だった。

この敵側の陸軍中佐については、新屋による次のような描写もある。

「すらっとした、細身の、口数の少ない、冷たい感じの、いかにも英国紳士の一典型といった人物であった」

――やっと平穏を取り戻したところへ、ふたたび、なにかが起こりそうであった。

発端は、収容所側が要求した割り当て作業への就労人員問題だった。

十八年二月二十四日のことだった。ニュージーランド兵のための運動場造成工事に「明朝、五十名の作業員を出せ」といってきた。

それまでも、連日、作業はあった。道路清掃、芝生刈り、収容所周辺の整備作業といったものだった。約三十名の捕虜が出て作業にあたっていた。

かれらの弱った身体はまだ十分に回復しておらず、この三十名とて、「やっと出せる限界の人員」であった。暴動を企むくらいだから、元気者ぞろいと受け取られたのかも知れないが、内情はそんなふうだったのだ。

また、新しく陸軍兵捕虜が入って頭数が増えたからといっても、みんな、まだウンウンうなっている状態なのだ。

たとえば、宮川と一緒に入所していた桜井は、そのころ、マラリアの発作で苦しんでいる。

しかし、収容所側はマラリアの薬は出してくれなかった。相手軍医によれば、「薬の原料になるキニーネの原産地ボルネオを、日本軍が占領しているから入手できない」ということだった。


三十名でも精いっぱいなのに「五十名とは」。

ここで、あの血気にはやる強硬派を見事に抑え込んだ安達少尉が、「こんな無理な要求があるか」と、こんどは先頭に立って怒り出している。まして、敵兵の運動場づくりなんぞは「利敵行為」につながるのだ。

しかし、相手はあくまで「五十名」を主張して譲らない。たびたびの交渉もムダに終わっている。


収容所内の「空気は一変」した。例の強硬派の面々なぞは勇み立った。

翌二十五日、作業開始の日。

捕虜全員が広場に集まった。土の上にあぐらをかいて座った。そうした日本兵捕虜に対して、安達は「いかなる場合も軽挙妄動することなく、一糸乱れぬ行動を取れ」と話しかけている。

やがて、完全武装したニュージーランド兵約五十名が収容所内に入って来た。

横列の中から、指揮官の中尉が現われ、「直ちに五十名を出せ」を繰り返している。

相対した安達もまた、「絶対に不可能だ」と突っぱねている。

そうこうしている間に、双方、かなりボルテージがあがってきた。

ついに指揮官は、「安達連行」を命じた。

しかし、安達の周囲《まわり》は古鷹グループがガードしている。小競《ぜ》り合いが起きている。

連行が不可能と知ると、ニュージーランド兵たちは隊列を組み直し、あらためて捕虜の全面に横列で並んだ。そして、銃を構えながら進んできた。

そのうちの二名が安達めがけて急接近し、ふたたび連行を試みた。

安達はグループに守られながら、後ずさりした。

このとき、指揮官がやにわにピストルを取り出した。

安達は、両手を大きく広げて、叫んでいる。

「撃つなら、おれを撃て」

瞬間、捕虜の群れが一斉に立ち上がった。

石が舞った。そして、素手のまま、喚声を上げてニュージーランド兵めがけて突進していっている。

「副官（指揮官）は、威嚇のつもりでわざと捕虜に見えるように、監視兵からピストルを受け取った。

だが、これが捕虜たちを刺激したらしく、アダチは胸をたたいて、ここを撃てというように怒鳴り散らした。そして副官が頭上に威嚇射撃したことから、事態は一気にエスカレートし、約二百四十名（?）の捕虜たちがいっせいに監視兵に向かって投石を始め、ついに怒濤となって押し寄せてきた」（ニュージーランド側資料）

銃声、硝煙。怒号、喚声。

石が飛び、血煙が舞った。

宮川は、押されて倒れ、いくつかの死体の下敷きになっていた。ケガはなかった。桜井は左手首に貫通銃創を負った。安達は左腕のほか、頭、足、脇腹に弾丸を受け、人事不省になって倒れた。

新屋は離れたところにいた。

「どうなることかと成り行きを案じていた矢先、急に銃声が激しい勢いで鳴り出してしまった。『あっ』と思ったが、もう遅い」

日本兵捕虜の死者四十八名、負傷者六十八名。ニュージーランド側の死者一名、負傷者十八名。

収容所長は更迭された。「親日的」な前所長がふたたび呼び戻された。

死者に対する「丁重な葬儀」が営まれた。捕虜の中からも代表が参列した。

のちに安達は語っている。

「ニュージーランドの人たちはいい人たちだった。あそこには機関銃も二梃もあって、本当なら全員死んだだろう。彼らはただ恐ろしくて撃ったもので、殺そうという気はなかったんだな」

「ニュージーランドでは、捕虜を最前線で戦った証拠だとして、帰還すると厚く待遇する。日本とは全く考え方が違う」

また、新屋は書いている。

「この事件はまた、各人に捕虜の限界を痛いほど悟らせた」

「しかし同時にまた、このことをとおして、いままで一人一人がめいめい好き勝手な行動を無統一にしてきた日本人同士に、一つに決束する力と自覚を与えたことはまだしもましなことであった」(『死の海より説教壇へ』)

戦後になって、当時の捕虜仲間が語らい合い、暴動の時、親身になって日本兵捕虜のことを心配してくれたニュージーランド兵通訳を日本に招待している。

また、お金を出し合って、収容所近くの公園に慰霊碑を建ててもいる。「鎮魂」と「夏草やつわものどもが夢の跡」と書かれた銅板のプレートが埋め込まれた。ただ、このときは現地任せ。日本からはだれも出かけていない。

六十一年、安達と桜井は、戦後初めて現地に出かけている。

フェザーストン収容所の周辺一帯は民間に払い下げられて牧場になっていた。暴動事件があった広場は一面の草むらであった。文字通り「夢の跡」であった。

新屋は、この収容所で聖書に親しみ、のち、牧師となった。

第十一章　連合艦隊司令長官の戦死

十三匹のイセエビ

太平洋ソロモン諸島バラレ島は、ブーゲンビル島の南端にある小島である。普通の地図では見つけるのはなかなか困難だし、このあたりを航海する船舶の海図を見ても、事前に大体の位置を頭の中に入れて置かないと、指先がくたびれることになる。

周囲約六キロくらいのごく小さな島なのだが、平坦な土地続きであるため、日本軍の航空基地がつくられていた。「つくられていた」と書くのは簡単だが、飛行場造成にどれほどの努力と労力が必要とされるかは、これまでにも述べてきたガダルカナル島飛行場における設営隊の苦労を見れば、よく分かることである。

なにせ、当時は「ツルハシとモッコ」でやっていたのだ。ここらあたりは、海軍第十八設営隊付、佐藤小太郎軍医少尉＝写真＝による『バラレ海軍設営隊』に詳しい。

以下、佐藤によれば――、

昭和十八年四月、ここバラレ島の大型発動艇（大発）の隊員に妙な命令が出ている。

「イセエビ十三匹を捕らえよ。期限は十七日」

はて、こんなところに、そんなものがいるんかいな。もしいたとしても、岩の間にしがみついていて「やすやす捕らえられるはずはない」と思ったが、隊長の命令には逆らえない。

隊員たちは、三日間というもの、「潜りに潜って」やっと十三匹を確保している。「長官に差し上げるため」ということだった。

余談だが、食べてうまかったか、どうか。わたし（筆者）の個人的な体験では、あのへんのイセエビはおいしくない。独断で申し上げれば、エビ類は「寒帯産に限る」のではなかろうか。

佐藤小太郎

さて、この場合、長官といえば、もちろん山本五十六連合艦隊司令長官のことである。当時の日本海軍最高指揮官ということになる。そんなエライ人がやって来るというので、イセエビ捕獲締切り日の十七日、バラレ基地では「いよいよ、明日だ」と、あらためて騒ぎになっている。

軍医の佐藤も、それなりの心構えづくりに追われている。

「病舎周囲の雑草はきちんと刈り取れ」

「入室患者には衣服を整え、身なりをきちんとさせること」

「長官から声をかけられたら、頭を下げ、返事すればよい」

予行演習までしている。

――十八日、晴天。

予定は「〇八〇〇長官機バラレ着」であった。午前八時である。

飛行場には、基地の司令、隊長クラスがずらりと整列して、「出迎え準備をなして」いた。

佐藤もその末席にいた。長官機は飛行場の西から来るということだったから、そちらの方、ブイン方向を全員が注視している。

と、そこへ、飛行場見張所から緊急報告がきている。

「ブイン基地南方にて空中戦の模様」

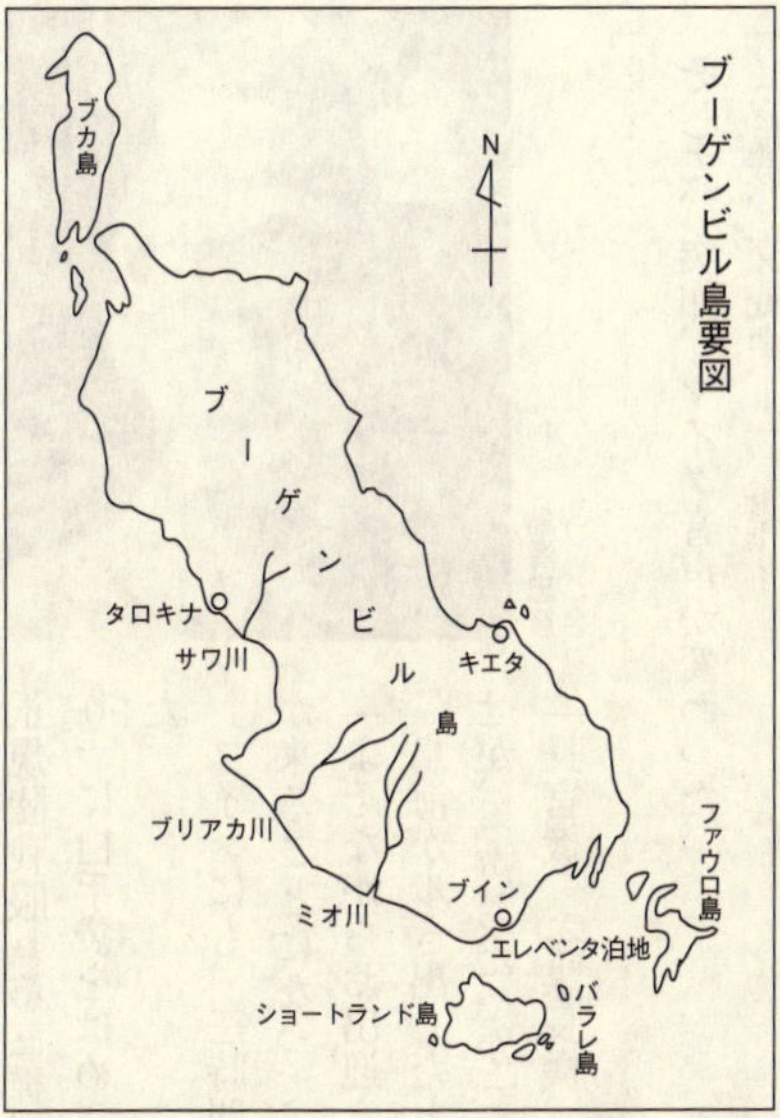

ブーゲンビル島要図

一方、この時、バラレ基地と「目と鼻」の近距離にあるブイン基地でも、「総員出迎えの位置に整列」がかかっている。同基地・海軍第一特別根拠地隊司令部付、鳥海忠彦海軍中尉＝写真＝は、「とって置き」の正規陸戦服（第三種軍装）に着替え、これまた「久し振り」に白手袋をはめ、軍刀を片手に整列場所に向かっていた。

ブインにも、三時間十分後、バラレ視察を終えた長官機が来ることになっていた。この朝の整列は、バラレ着を「よそながらお出迎えする」といった格好だった。

鳥海が歩き出したとき、マイクによる見張所からの知らせが、「声おだやか」に放送された。

「長官機、参謀長機、見えまーす」

鳥海忠彦

「………」

そして、突如、マイク音声が変わった。

「長官機、交戦中！」

ぴたっ、とブイン基地の空気の流れが止まった。

ええーっ、と大きく見開いた鳥海の目に、長官機らしい中攻機と敵戦闘機とが、ブイン山から右下に向かって、「すごいスピードで斜めに飛ぶ」のが、ヤシの葉越しに映っている。

マイクが叫び続ける。

「ああ、長官機、落ちまーす」

「参謀長機も……海へ……」

ラバウルを訪れた山本長官（雑誌「丸」提供）

こちら、バラレ基地の佐藤軍医は、「ブイン基地南方で空中戦」の一報から、何も情報が伝えられないことにイラ立っていた。まさかとは思うが、不安感はますます募るばかりだ。

「それでもと思って、みな総立ちで北西方を見つめる。落ち着いていられるかという言葉は、この一瞬を言うのだろう」（佐藤『バラレ海軍設営隊』）

八時半ごろ、ゼロ戦一機が着陸して来た。機体のあちこちに生々しい被弾の跡があった。基地司令官が車を運転させ、そのゼロ戦に向かってすっ飛んで行く。

時間を置いて戻ってきた司令官は、佐藤らに次のように伝えている。

「ただいま飛来した零戦の連絡により、長官機の実視は中止となった」

「解散……！」

――佐藤が、長官戦死を「はっきり聞かされたのは」、戦死後七日目のことだった。

「長官機撃墜戦死の事実が知らされたときの衝撃は、シヨックなどという言葉はもう超越のかなたで、『もうだめだ』という痛恨の一心であった。下士官、兵、工員（設営隊員）も、これから先々どうなるかと不安にかられ、みなそれぞれに先が読めた思いで、まさに暗雲に覆われた日々が続き、言葉も沈んで数少なくなっていった」（同）

ところで、あの長官に差し上げるために苦労して捕獲したイセエビの「その後」については、佐藤の記憶にない。

一方、こちらはブイン基地。

「長官機墜落」

「参謀長機も海へ」

マイクの声は、それっきり、となっている。

基地司令官が「解散」「解散」と、「訳の分からぬ号令」をかけている。

「ア然、私らは顔を見合わせ、無言だった。あの海軍、いや国民全てが信頼し、尊敬おく能《あた》わざる山本長官を……。一瞬にして失ったか……と、火がついたみたいに、だれもが一斉に駆けはじめた」（鳥海『手記』）

この長官戦死のニュースを、あのガ島沖で沈んだ駆逐艦「暁《あかつき》」の水雷長、新屋徳治中尉は、ニュージーランドのフェザーストン捕虜収容所で聞いている。

「単調な捕虜生活をしながら、最も知りたいと思い、いつも気にするのは、やはり戦局の推移である。しかし、ニュースはほとんど手に入ることなく、われわれは情報に飢えていた。そんなわけで、時にはとんでもないデマも飛んだ。あるときなど、兵隊のほうの柵から、日本軍が隣のオーストラリアに上陸したというニュースが入り込む。

われわれは日本の将来に一抹の不安を感じつつも、あの神州不滅の伝統的教育が身にしみ込んでおり、日本が負けるなどとは、まだそのころでは、とうてい考えられないことであった」

「ある日のこと、ロバートソン通訳（ニュージーランド軍通訳）が一枚の英字新聞を持って、わざわざわれわれのところに来る。見ると、それには連合艦隊司令長官山本五十六大将の写真がのっており、しかもそのわきに戦死の記事が書かれていた。それも中段くらいの場所に小さく扱われている。

くわしい説明は何もない。何事があったのか。みんななんとなく不吉な、暗い気分に沈んでしまう」（新屋『死の海より説教壇へ』）

二本のパパイヤの木

長官機の墜落地点は、ブイン基地北西方向の「前人未到」のジャングルの中だった。

即座にブイン基地から捜索隊が出されている。中尉を隊長とする一隊で、現地人数人が道案内についた。現場まで直線距離では大したことはないが、「うっそうたる大樹海とからみ合ったツル」が前途にあった。

前項に出てきた司令部付、鳥海忠彦中尉は、この捜索行には加わっていなかったが、おおよそのことは聞いている。

——日中でも薄暗いジャングルであった。オノで道を切り開き、「全くの見当と勘」で進む。しかし、百メートルも行けば、もう方角が分からなくなってしまう。

そこで、基地の零戦機が誘導することになった。道に迷うと、地上捜索隊は周辺の樹木を切り倒し、下から軍艦旗を振る。零戦は、上空からダイビングして、現場方向に飛んで行く。「早く行け」といわんばかりの爆音だった。

こんなことを繰り返しながら、捜索隊が現場に到着したのは、翌十九日夕刻になってのことだった。墜落後、三十五時間が経過していた。

捜索隊に与えられた指示は、次の二点だった。

恐らく機体は炎上しているであろうが、「なんとか長官の遺体だけは捜して」持ち帰ること。他の遺体は、やむを得ない場合は、現場でダビに付すこと。このため、タンカ、白布、防腐剤のホルマリンを一人分だけしか持参していなかった。

ところが、実際には機体の「およそ半分」は焼け残っており、全員の遺体がそのまま残っていた。

「長官は軍刀を両手で前に立て、前方につんのめるようなかっこうで戦死していた。各幕僚も次々に長官に覆いかぶさるように重なっていた」

そこで、捜索隊は、全員の遺体を収容して帰ることにしている。

長官以外の遺体は、原木とツルで急造のタンカで運んだ。計九体。ジャングルを直角に切り開き、海岸線に出た。ここで、待ち受けていた掃海艇に移され、同夜おそく、ブインに到着した。

――鳥海中尉は、司令部内務主任兼務として、遺体を受け取っている。

天幕の安置所に寝かせたのだが、長官以外の遺体は、大きなバショウの葉でぐるぐる巻きになっていた。すでに異臭を放っていた。

線香代わりに、蚊取り線香を砕いて粉にしたものを使った。

「しとしと小雨が降りしきり、いやな夜でした」

翌朝早く、ジャングル近くにつくった臨時の火葬場まで、トラックで遺体を運ぶことになった。

ここで、鳥海の予期せぬ事態が起きている。

「かかれーっ」

そう命令したのだが、兵たちが動こうとしない。

もう一度、命令したのだが、やはり動かない。「半歩くらい」動く者もいたが、どうしたことか、「困惑の表情」を浮かべ、もじもじしているのだ。

かれらの視線に気づき、回れ右した鳥海は、あっと思っている。

長官の遺体だけが白い布で覆われているのだが、そこから、白いちいさなモノが、ぽたぽたと落ちているのだ。下の地面には、円錐形の白い山が出来ている。ホルマリンに充分にひたした長官の遺体でも、こうだった。ウジだった。凄まじい数だった。

――一瞬のためらいのあと、鳥海は、「よし、自分もやるから、やってくれ」。そして、「目をつぶるような気持ち」で、すべてを処理し終えている。

長官の遺骨の一部は、その場で埋められた。

鳥海の記憶によれば、長官の大将の襟章の一方は真っ黒に焼けていたが、もうひとつの方は「金色」に光ったままだった。

なお、長官の遺骨の一部が埋められた場所は、その後、「聖地」として、将兵の礼拝するところとなっている。

〈海軍ソロモン会〉会長、池上巌・元第八艦隊首席参謀の手記に次のようなものがある。

「趾地《あとち》数十坪を聖地として、海砂を敷き、周囲にクロトンを植え、中央に土盛（銘碑なし）して、二本のパパイヤが植えられていた。私達は、近くを通る度毎に礼拝していた。終戦時、敵の進駐に備えて、聖地の痕跡を消させた。（一方）ブインで終戦処理中、豪軍情報参謀が私に、山本連合艦隊司令長官の墜落地点はどこかを詰問した。私は着任前のことだから知らぬ存ぜぬで通していたが、彼はゴウを煮やして、『ここだろう』と地図上的確に指示したので、『君が知っておるならば、そうであろうよ』で決着した」（山本元帥景仰会『清風』第三

ブーゲンビル島ブインのジャングルに眠る山本長官機（昭和五十九年四月、清野正二氏撮影・提供）

号）

なお、新潟県長岡市にある〈山本元帥景仰会〉では、長官機の主翼の一部（左翼）を現地政府から「借り受け」て、現在、これを収容する「山本五十六記念館」建設計画を進めている。

よく知られているところだが、この長官機撃墜の背景には、当時の日本軍の暗号電報がすべて解読されていたことがあった。

長官のバラレ、ショートランド、ブインへの「作戦指導のための実視」に関する作戦特別緊急電報は、米海軍による暗号解読班によってすべて把握されていた。長官は「時間に厳格な性格」があり、「予定通り行動するに違いない」との想定のもとに、米軍機は待ち受けていたのだった。

しかし、長官機撃墜後、米軍はこのせっかくの大戦果を極秘扱いとしている。慎重に暗号解読の事実を隠すためだった。

一方、日本軍側も、さすがに暗号がもれているのではないかとの疑いを持った。調査したのだが、米軍が大喜びしている様子もないところから、「偶然遭遇セリト判断セラル」とされてしまっている。

——長官は、当然のことながら、ガダルカナル争奪戦の推移に重大な関心を持ち続けていた。これまでにも述べてきたように、もともとは「海軍が拙い戦いをして取られたガ島」という意識のほか、この戦いが「日本の運命を決する重大事である」との認識をはっきりと持っていたからだった。

しかし、戦い利あらず、ついに撤収作戦へとなっていった。

その撤収作戦は「奇跡的」にも成功した。

ここで、気がつくことは、その撤収作戦における日本軍は、暗号電報をほとんどといっていいくらい使っていないことがある。

当時、ガ島在島の現地陸軍司令官と参謀たちは、強硬な撤収反対意見を示していた。

「この段階で撤退することは、統率上における皇軍（日本軍）の伝統に一大汚点を残すばかりでなく、全軍将兵を永遠に生かすべき道に反する」

「万々一、撤収に成功しても我々は『生ける屍』である。使いものにならない戦力のために貴重な飛行機や軍艦の損害を出すことを思うと、我々はむしろ死を願う」（防衛庁資料）

現地の担当責任者としては、当然の意見と言うべきであろう。

このため、中央からわざわざ主要参謀らが、はるばるガ島まで出かけ、懸命に現地スタッフの説得に当たらねばならなかった。

撤収計画も口頭により説明している。

普通なら暗号電報で済ますところだった。

それを、現地の空気を見て、とてもじゃないが、と、攻撃される危険や「餓死者」の仲間入りするのを覚悟の上で駆けつけている。このあたり、米軍には見られない日本人独特の精神構造ともいうべきか。その結果は、はからずも米軍側の意表を衝くことになった。

——長官は、この撤収作戦で「駆逐艦の半数はやられると覚悟していた」といわれる。

それなのに「奇跡的」な成功を見るに至ったのは、一連の作戦のポイントで暗号電報を使わなかったから、というこの皮肉な一事に尽きるのではなかろうか。

山本五十六連合艦隊司令長官は、その暗号電報で、惜しくも戦死した。

五十九歳であった。

最後に——いま、ガダルカナルはどうなっているか

一九九二年（平成四年）十月二十三日〜二十五日　朝日新聞　衛星版掲載

ガダルカナル 五十年 ▷上

なお8500余の霊眠る

激戦地に建つ米側の記念碑

太平洋戦争での日米激突の地・ソロモン諸島ガダルカナル島の戦いから、今年で、ちょうど五十年――。元将兵や遺族らによる鎮魂の旅が相次いでいる。

ガダルカナルは日本人にとって悲しい響きを持つ島だ。補給を断たれた将兵たちは、武器なく、食なく、二万数千人がむなしく果てていった。

鎮魂の旅

陸軍第三十八師団・工兵第三十八連隊の元将兵、遺族らの慰霊団十二人も、このほど同島を訪れた。「あの地形、あの水の流れ、あの大木。昔のまま」

一行は炎暑のなか、日本から持ってきた酒、コメ、たばこ、お菓子を供え、慰霊して歩いた。逃げ隠れた密林、谷間、そして水を求めて「はいずり回った」川筋が、その場所となった。

心からの追悼の言葉と身を震わせての嘆きが見られた。元将兵の平均年齢は、七十二・七歳。「もう二度と来られまい」との思いが、祈りをさらに深いものにしているかのようだった。

元将兵の語る当時の模様には悲惨なものがあった。

「一発撃つと、米軍から百発のお返しが来る」「あとは水と食物を求めて、はいずり回るだけ。トカゲ、ヤシの実はごちそうのうち。ヤドカリ、木の葉、草まで食べました」

一行は北海道旭川市からの「一木支隊慰霊団」三十四人にも出会った。飛行場奪取作戦で多くの犠牲者を出した部隊である。慰霊団参加の双方の遺族から、一斉に当時の状況を尋ねる質問が飛び出していた。

日本軍とこの島で戦った米国の元海兵隊員たちも訪れている。こちらの方はすこぶる陽気だったようだ。

八月七日、総勢千五百人が、飛行機で、あるいはチャーター客船でやって来た。戦跡巡りの後、ホテルで大パーティーを開いている。

なにせ、あの戦争で、米軍側は日本陸軍と初めて戦火をまじえ、その第一ラウンドで勝利を収めたという「輝かしい戦歴」がある。八月七日という日は、「上陸記念日」だったのである。

鎮魂の祈りをささげる元工兵第38連隊の関係者たち

いま、島内のあちこちの激戦地では、これら元米国海兵隊員たちがつくった英語による真新しい記念碑が建っている。これに対して日本側の碑は、「慰霊」「鎮魂」といったものばかり。

国民性によるものでもあろうが、日本側の遺骨収集がまだ終わっていないこともあるようだ。ガダルカナルの戦いで倒れた日本将兵二万数千人のうち、八千五百余人が、いまなお、この島に眠ったままなのである。

（文と写真　編集委員・土井全二郎）

ガダルカナル 五十年 ▷中

観光誘致

ガダルカナルの戦いから五十年のいま、この島では、ちょっとした「五十年」ブームが起きている。

首都ホニアラのマーケットでは、「五十年記念」の英語文字と銃を持つ兵を染め抜いたTシャツが売られていた。缶ビールにもそうしたデザインがあしらわれていた。帽子、ハンカチ、木彫の人形――。

郵便切手の記念シールも発行されている。当時、活躍した米軍の軍艦、飛行機とともに、元日本軍のゼロ戦、一式陸攻。さらには、ここでの海戦を戦った航空母艦や巡洋艦、駆逐艦も登場している。「日本軍、ガ島上陸の図」というのもあるというご丁寧さだ。

もっとも、こうした「あやかり商品」は、「観光客向けですよ」というのが、島の人たちの冷めた見方だった。

訪れる観光客は、オーストラリア、ニュージーランドからがほとんど。海岸近くに沈む輸送船、軍艦、飛行機などは、絶好のダイビングスポットとなって、若者たちでにぎわっている。

今年、日本からの訪問客は二百人にのぼると、島の観光局では見ている。観光目的の客はごく少なく、ほとんどが慰霊団である。島の主要輸出品は、木材類、カツオ・マグロなどの水産物、ヤシ（コプラ）くらいしかない。「もっと日本からの観光客を呼ぼう」というのが、島の合言葉となっていた。

慰霊団中心の日本人

島を歩くと周りに笑顔

戦闘機の残がいも貴重な観光資源になっている

島の人たちには、あの戦争へのこだわりはないようだった。ガダルカナルでの戦闘は、一九四二年八月から翌年二月にかけて行われている。そのさい、米軍に協力した少数の島民を除いて、多くが非戦闘地域の島の東方に避難した。だから、畑や家に被害があっても、人的被害は「ごく少数」だった。こうしたことが、東南アジアの各地区で、一時、見られたような反日感情に結ぶこともなかったといわれる。

たしかに、慰霊団の一行が島内のあちこちを歩いても、不愉快な思いをすることはなかった。いつも周りには笑顔があったし、むしろ、深い祈りをささげて回る一行に対して、好印象を持ったような雰囲気すら感じさせられた。

深い緑に青い空。どこまでも澄んだ海が広がっていた。「こんなところで戦争したんだよなあ」「倒れていった戦友が、かわいそうでならんよ」。元将兵たちのしみじみとした述懐があった。

（文と写真　編集委員・土井全二郎）

ガダルカナル五十年 ▷下

国づくり

日米で「国際貢献」計画

無理をせず自然と協調

いまなお、ちょっと地面を掘れば、砲弾の破片や弾丸の薬きょうが出てくるといわれるほどの旧激戦地・ガダルカナル島。五十年後のいま、日米共同での「国際貢献」計画が進行中だ。

ボランティア活動を通じて国づくりに協力する日本の青年海外協力隊が、ソロモン諸島に入ったのは一九七九年から。はじめ漁業関係の隊員二人からのスタートだった。いま、保健婦、看護婦、教師、さらには建設機械や農業水産分野の隊員四十人が、ガダルカナル島はじめ、諸島の各地で活躍している。うち女性は十四人。いずれも独身組だ。

評判はいい。その「献身的努力」を物語るエピソードがある。商社、漁業関係者など約百三十人の在留日本人の中で、これら隊員のマラリアにかかる率が抜群に高いことである。「生活条件が厳しいうえ、現地の人の家庭にまで入り込んで働いているから」

平均年齢は二十七歳。戦争を知らない世代だ。ことし、相次いで訪島する日本からの慰霊団については、別の考えを持つ。「心は痛む。だが、あの時代のことは、オジさん、オバさんたちに任せる」「われわれの世代は、新しいソロモンの国づくりに力を貸すことが仕事。いま、そのソロモンのためにがんばるだけ」

現在、このソロモン諸島には、やはり米国の国際援助団体・平和部隊（ピースコー）の一行六十五人が来ている。日本の隊員とほぼ同年齢である。

この日米の団体の間で、最近、「国際貢献」に関する共同プロジェクト実施の話が持ち上がった。今年一月、ブッシュ米大統領訪日のさい、「東京宣言」の中で、両団体の提携・協力が打ち出されたのがきっかけだった。「それぞれ個別でやるより、ジョイントした方が効果的」

新たな国づくりがスタートしたばかり。人口増も悩みのひとつ

人口増加問題、食生活の改善、保健・衛生観念の意識向上、さらには環境問題など課題は多いのである。六月にスタートした両者の話し合いは、近く、具体的な行動計画づくりへと発展する見通しだ。

「ただ、無理に近代化を急ぐようなことはしたくない。自然とともに生きる、自然と協調して生活することこそが、島の暮らしの基本なんですから」

ソロモン諸島の島民数約三十万。ガダルカナル島に首都ホニアラがある。大通りを走る車の多くが日本製だ。「ジャパン・ナンバーワン」。若者たちの表情には屈託がなかった。

（文と写真 編集委員・土井全二郎）

ガダルカナル島戦史 略年表

●昭和十七年（一九四二年）

五月　　三日　ソロモン諸島のツラギ島、タナンボコ島、ガブツ島に日本軍上陸
七月　　六日　海軍第十一、十三設営隊、ガダルカナル島上陸
　　　十六日　海軍設営隊、ガダルカナル島飛行場建設作業を開始
八月　　七日　米海兵一個師団、ソロモン諸島ツラギ、ガダルカナル島に上陸
　　　　八日　第一次ソロモン海戦。外南洋部隊の重巡五隻、軽巡二隻、駆逐艦一隻、
　　　　　　　米豪連合水上部隊の重巡ら二十六隻と交戦
　　　十八日　一木支隊先遣隊、ガダルカナル島上陸
　　　十九日　一木支隊主力、攻撃開始
　　　二十一日　一木支隊、ほとんど全滅
　　　二十四日　第二次ソロモン海戦。ガダルカナル島増支援機動部隊、米機動部隊と交
　　　　　　　戦
　　　二十九日　川口支隊その他、ガダルカナル島へ増援開始
九月　十二日　川口支隊、ガダルカナル島で攻撃開始
　　　十四日　川口支隊、攻撃不成功

十月　三日　日本軍第二師団主力、ガダルカナル島に進出
　　十一日　サボ島沖海戦。第六戦隊の重巡三隻と駆逐艦二隻、米巡洋艦四隻、駆逐
　　　　　艦五隻と交戦
　　二十四日　第十七軍、ガダルカナル島総攻撃開始
　　二十五日　第十七軍、総攻撃失敗
十一月　五日　米軍、ガダルカナル島軍備を増強
　　十日　第三十八師団六百人の増援部隊、ガダルカナル島に上陸
　　十二日　第三次ソロモン海戦。ガダルカナル島砲撃の任務を帯びた海軍挺進攻撃
　　　　　隊、米水上部隊と交戦
　　三十日　ルンガ沖夜戦。ガダルカナル島輸送の駆逐艦八隻、米有力部隊と交戦
十二月三十一日　大本営御前会議、ガダルカナル島からの撤収を決定

●昭和十八年（一九四三年）

二月　一日　日本軍、ガダルカナル島第一次撤収
　　四日　第二次撤収
　　七日　第三次撤収

ガダルカナル島における地上戦闘の戦死者及び餓死者、二万一千余。
撤収人員、一万七百余。

あとがき

ガダルカナル戦のことを小学生の学級で話したら、

「おじさんは面白い冒険をしたのですね」

そんな感想文が寄せられたそうだ。

いわゆる「戦後五十年」をきっかけとして、オレたちの体験はなんだったんだということから、その戦争体験を語りはじめた多くの方々にお会いすることができた。

いま書き止めておかなければ、永久に歴史の彼方に埋没してしまうような貴重なお話をうかがうことができたのは、たいへんにありがたいことだった。

なぜ、これらの方々の多くが、今日まで口を閉ざしておられたかは、本書を読んでいただければお分かりになると思う。

ほんと、本書に登場していただいた方々、あるいはその手記を読まさせていただいた方々には、いつまでもお付き合い願いたいほどの感銘を受けた。そして、そのサワリの部分（？）だけ利用させてもらう形を取らせていただいたことに、忸怩たる思いがある。

これでも、精いっぱいの思いを込めて書いたつもりだが、ご本人や関係者の方々にとっては、「なにも分かっとらんのう」といった箇所が数多くあるに違いない。

たしかに、その苛烈きわまりない御体験を、ほんのちょっとの触れ合いで書き記すのは「冒険」だった、と、いまにして思い直している。

そうした中で、旧第三十八師団工兵第三十八連隊の戦友会事務局長・山田治男氏には、たいへんにお世話になった。この方の側面援護なしには、本書は陽の目を見ることはなかったろう。

旧ガ島派遣海軍第十一設営隊・山宮八州男氏、旧近衛師団歩兵第一連隊・原田三郎氏、旧海軍機動部隊〈潮会〉大穂利武氏といった方々にも、ひょいとしたところで温かい人情味を感じてならなかった。

旧船舶工兵第二連隊・江藤総臣氏、旧第二師団輜重兵第二連隊・小林誠二氏、海交会全国連合会・宮下八郎氏はじめ多くの方々にも御面倒をおかけした。

また、巻末に掲げたような文献に出会えたのも幸せなことだった。勉強させていただいたうえに、引用したり、あるいは写真をお借りしたりした。

厚くお礼の言葉を申し上げたい。ありがとうございました。

平成七年六月

土井全二郎

文庫版のあとがき

本書は単行本『ガダルカナル――もうひとつの戦記』（平成七年、朝日ソノラマ刊）を文庫版化したものである。それなりに力を入れてまとめたものだった。こうしたかたちで、ふたたび、世に出ることはたいへん幸せなことといわなければならない。

文庫版化にあたっては、明らかな誤記や誤植は直し、登場人物に付記していた年齢（取材当時）は時間の経過を考えて削除した。それ以外は大きく加筆するまでもなかった。

ただ、登場していただいた方々の多くが亡くなられている。元気なお顔や何気ない仕草をあらためて思い起こし、追慕するとともに、沈思して追悼の念を捧げたい。

その後も取材を続けているのだが、いまなお、ガ島戦関係者の深い思いは絶えることはない――。

今年二〇〇九年（平成二十一年）元日、元ガ島派遣第十一設営隊海軍上等兵曹・山宮八州男さんから年賀状をいただいた。本書第二章「飛行場設営隊の意外なる善戦」に登場してもらった方である。

「今を去る六十七年前、ガ島は熾烈な地獄の戦いの中にあった」「倒れていった先輩諸兄に満腔の敬意を表するとともに、今日の平和な日本に感謝いっぱいの気持ちです」といったことが記されてあった。

山宮さんは戦後の混乱期をがむしゃらに生き抜き、事業が軌道に乗ったところで、「ガ島会（ガダルカナル島戦没者慰霊会）」を組織。毎年、慰霊祭を行なってきた。今年も四月五日（日）、靖国神社で挙行される。

「生きているかぎり、彼の地で果てざるを得なかった方々を思う気持ちに変わることはありません」。そんな話だった。今年で四十七回の催しとなる。

川口支隊歩兵第百二十四連隊衛生隊長・故上村清大尉の長男、上村清一郎さん（元福岡県甘木市公民館長）は、もう「二十数回」もガ島を訪問している。当初は父・大尉の戦没場所確認のためだった。その後、ガ島戦で多くの戦死者を出した地元福岡の第二十四連隊の元将兵、遺族による「福岡ホニアラ会」（ホニアラはガ島行政中心地名）の組織づくりに尽力。長らく事務局長として各種慰霊行事や現地親善の企画を推進してきた。

これまで福岡ホニアラ会は、現地慰霊祭のほか、現地の小学校教室建設やフクオカメモリアルホール（講堂）づくりなどを行なっている。現在、会はメンバーの高齢化もあって活動を休止しているものの、毎年九月十三日、福岡市六本松霊園における慰霊祭は絶やさない。こちらも「生きているかぎり」「身体の続くかぎり」という話であった。

ほかにも全国各地でこうしたガ島関連慰霊の催し等が行われているものとおもわれる。いましばらく取材を続けたいと思う所以である。

文庫本化にあたっては光人社編集部・小野塚康弘氏にお世話いただいた。

平成二十一年一月

土井全二郎

主要参考文献（順不同）＊防衛庁戦史室「戦史叢書・南東方面海軍作戦」②③、「戦史叢書・南太平洋陸軍作戦」①②③朝雲新聞社（本文中〝防衛庁資料〟とあるのは、この「戦史叢書」を指す）＊第三十八師団工兵第三十八連隊史＊工兵第三十八連隊戦友会「ガダルカナル島慰霊記」＊第三十八師団歩兵第二百二十九連隊史＊〈暁会〉（船舶工兵第二連隊）「ああ陸軍の海戦戦記」＊〈船舶砲兵部隊慰霊碑を守る会〉「船舶砲兵部隊史」＊全日本海員組合「海なお深く」（正・別冊）全日本海員センター＊日本郵船「日本郵船戦時船史資料集」＊大阪商船三井船舶「戦争による遭難船舶事故・海難報告書」＊山下汽船山洋会「殉職者追悼録」＊桜井甚作「地獄からの生還」＊雑誌「丸」（別冊）「ガダルカナル戦記」潮書房＊山宮八州男「海軍第十一設営隊戦闘日誌」＊牛尾節夫「神を見た兵隊」光人社＊新屋徳治「死の海より説教壇へ」＊〈駆逐艦夕立会〉「駆逐艦夕立」＊増子勇「ガ島日誌」＊示村貞夫「北の兵隊」総北海＊伊藤桂一「兵隊たちの陸軍史」番町書房＊伊藤桂一「草の海」文化出版局＊太田庄次「南太平洋殉国散華の人々」＊児島襄「太平洋戦争」（上下）中公新書＊駒宮真七郎「船舶砲兵」（正・続）出版協同社＊駒宮真七郎「戦時船舶史」＊土井全二郎「ダンピールの海」丸善ブックス＊立岩新策「太平洋一人旅」＊伊号第八潜史刊行会「伊号第八潜水艦史」＊千葉忠行「ああ伊号第七潜水艦」＊〈全国近衛歩兵第一連隊会〉「全国近歩一会報」＊牟田清「太平洋諸島ガイド」古今書院＊滝利郎・ラバウルの戦友の会「ラバウルの戦友」各号＊猪川年光「雑兵記」＊猪川年光・桜井喜平他「戦陣の憶い出」＊山口喜蔵「ガダルカナル戦記」＊〈村松陸軍少年通信兵学校・関東地区少通会〉「かんとう少通」＊種村清「生かされて生きる」＊内野要作「私の追憶」＊川井惣市「稲垣大隊勇戦奮決戦篇」＊吹浦忠正「捕虜の文化史」新潮社＊相良俊輔「怒りの海」光人社＊鳥海忠彦「ブーゲンビル島戦記」＊佐藤小太郎「バラレ海軍設営隊」プレジデント社＊〈山本元帥景仰会〉機関紙「清風」＊月刊「世界の艦船」海人社＊機関誌「海員」全日本海員組合＊「写真＝図説・帝国連合艦隊」講談社＊読売新聞＊朝日新聞＊――本文中敬称略
＊発売・発行元の明示のないものは非売品もしくは自費出版物

単行本　平成七年七月「ガダルカナル――もうひとつの戦記」改題　朝日ソノラマ刊

ＮＦ文庫

ガダルカナルを生き抜いた兵士たち　新装版

二〇一九年四月十九日　第一刷発行

著　者　土井全二郎

発行者　皆川豪志

発行所　株式会社　潮書房光人新社

〒100-8077　東京都千代田区大手町一-七-二

電話／〇三-六二八一-九八九一(代)

印刷・製本　凸版印刷株式会社

定価はカバーに表示してあります

乱丁・落丁のものはお取りかえ致します。本文は中性紙を使用

ISBN978-4-7698-3116-7　C0195

http://www.kojinsha.co.jp

NF文庫

刊行のことば

第二次世界大戦の戦火が熄《や》んで五〇年——その間、小社は夥しい数の戦争の記録を渉猟し、発掘し、常に公正なる立場を貫いて書誌とし、大方の絶讃を博して今日に及ぶが、その源は、散華された世代への熱き思い入れであり、同時に、その記録を誌して平和の礎とし、後世に伝えんとするにある。

小社の出版物は、戦記、伝記、文学、エッセイ、写真集、その他、すでに一、〇〇〇点を越え、加えて戦後五〇年になんなんとするを契機として、「光人社NF（ノンフィクション）文庫」を創刊して、読者諸賢の熱烈要望におこたえする次第である。人生のバイブルとして、心弱きときの活性の糧《かて》として、散華の世代からの感動の肉声に、あなたもぜひ、耳を傾けて下さい。

潮書房光人新社が贈る勇気と感動を伝える人生のバイブル

NF文庫

特攻隊長のアルバム　「屠龍」制空隊の記録 B29に体当たりせよ
白石　良
帝都防衛のために、生命をかけて戦い続けた若者たちの苛烈なる日々――一五〇点の写真と日記で綴る陸軍航空特攻隊員の記録。

戦場における小失敗の研究　究極の教訓 勝ち残るための
三野正洋
敗者の側にこそ教訓は多く残っている――日々進化する軍事技術と、それを行使するための作戦が陥った失敗を厳しく分析する。

ゼロ戦の栄光と凋落　戦闘機の運命 高性能にこだわり過ぎた
碇　義朗
日本がつくりだした傑作艦上戦闘機を九六艦戦から掘り起こし、証言と資料を駆使して、最強と呼ばれたその生涯をふりかえる。

海軍ダメージ・コントロールの戦い
雨倉孝之
損傷した艦艇の乗組員たちは、いかに早くその復旧作業に着手したのか。打たれ強い軍艦の沈没させないためのノウハウを描く。

連合艦隊とトップ・マネジメント
野尻忠邑
太平洋戦争はまさに貴重な教訓であった――士官学校出の異色のベテラン銀行マンが日本海軍の航跡を辿り、経営の失敗を綴る。

スピットファイア戦闘機物語　救国の戦闘機 イギリス国民が讃える
大内建二
非凡な機体に高性能エンジンを搭載して活躍した名機の全貌。構造、各型変遷、戦後の運用にいたるまでを描く。図版写真百点。

＊潮書房光人新社が贈る勇気と感動を伝える人生のバイブル＊

ＮＦ文庫

大西洋・地中海16の戦い　ヨーロッパ列強戦史
木俣滋郎

ビスマルク追撃戦、タラント港空襲、悲劇の船団ＰＱ17など、第二次大戦で、戦局の転機となった海戦や戦史に残る戦術を描く。

一式陸攻戦史　海軍陸上攻撃機の誕生から終焉まで
佐藤暢彦

開発と作戦に携わった関係者の肉声と、日米の資料を織りあわせて立体的に構成、一式陸攻の四年余にわたる闘いの全容を描く。

南京城外にて　秘話・日中戦争
伊藤桂一

戦野に果てた兵士たちの叫びを練達円熟の筆にのせて蘇らせる戦話集。底辺で戦った名もなき将兵たちの生き方、死に方を描く。

陸鷲戦闘機　制空万里！　翼のアーミー
渡辺洋二

三式戦「飛燕」、四式戦「疾風」など、航空機ファン待望の、陸軍戦闘機の知られざる空の戦いの数々を描いた感動の一〇篇を収載。

中島戦闘機設計者の回想　戦闘機から「剣」へ——航空技術の闘い
青木邦弘

九七戦、隼、鍾馗、疾風……航空エンジニアから見た名機たちの実力と共に特攻専用機の汚名をうけた「剣」開発の過程をつづる。

撃墜王ヴァルテル・ノヴォトニー
服部省吾

撃墜二五八機、不滅の個人スコアを記録した若き撃墜王、二三歳の生涯。非情の世界に生きる空の男たちの気概とロマンを描く。